GUSTAV MEYRINK
Der weiße Dominikaner

GUSTAV MEYRINK
Der weiße Dominikaner

Roman

Aus dem Tagebuch
eines Unsichtbaren

Mit einem Nachwort
von Eduard Frank

Langen Müller

© by Langen Müller in der F.A. Herbig
Verlagsbuchhandlung, München
Alle Rechte vorbehalten
Einbandgestaltung: Bernd und Christel
Kaselow, München, unter Verwendung
des Stoffmusters „Pilze" von Koloman
Moser, 1900 (Rückseite: Gustav Meyrink,
gezeichnet von Olaf Gulbransson)
Druck: Jos. C. Huber KG,
Dießen/Ammersee
Binden: Großbuchbinderei Monheim,
Monheim
Printed in Germany 1995
ISBN 3-7844-2538-0

Inhalt

Einleitung	7
Christopher Taubenschlags erste Kundgebung	13
Die Familie Muschelknaus	23
Die Wanderung	42
Ophelia	62
Das Gespräch um Mitternacht	74
Ophelia	97
Das mennigrote Buch	124
Ophelia	144
Einsamkeit	164
Die Bank im Garten	174
Das Medusenhaupt	182
Jener muß wachsen, ich aber schwinden	199
Gegrüßet seist Du, Königin der Barmherzigkeit	215
Die Auferstehung des Schwertes	235
Das Nessoshemd	251
Nachwort	259

Einleitung

»Herr X oder Herr Y hat einen Roman geschrieben« – was heißt das?
Nun, sehr einfach: »Er hat mit Hilfe seiner Phantasie Personen geschildert, die in Wirklichkeit nicht existieren, hat ihnen Erlebnisse angedichtet und sie miteinander verwoben.« – So ungefähr lautet, weitläufig gefaßt, das allgemeine Urteil.
Was Phantasie ist, glaubt jedermann zu wissen, daß es aber höchst merkwürdige Kategorien der Einbildungskraft gibt, ahnen nur sehr wenige.
Was soll man sagen, wenn zum Beispiel die Hand, dieses scheinbar so willfährige Werkzeug des Gehirns, sich plötzlich weigert, den Namen des Helden der Geschichte niederzuschreiben, den man sich ausgedacht hat, und statt seiner hartnäckig einen andern wählt? Muß man da nicht unwillkürlich stutzig werden und sich fragen: »Schaffe« ich tatsächlich oder – ist meine Einbildungskraft am Ende nur eine Art magischer Empfangsapparat? Etwa das, was auf dem Gebiete der drahtlosen Telegraphie eine Antenne genannt wird?
Es hat Fälle gegeben, daß Menschen nachts im Schlaf aufstanden und schriftliche Arbeiten, die sie

abends, übermüdet von den Anstrengungen des Tages, unfertig hatten liegen lassen, vollendeten und Aufgaben besser lösten, als sie es im Wachsein vermutlich imstande gewesen wären.

Dergleichen liebt man mit den Worten zu erklären: »Das für gewöhnlich schlummernde Unterbewußtsein ist zu Hilfe gekommen.«

Geschieht so etwas in Lourdes, so heißt es: »Die Mutter Gottes hat geholfen.«

Wer weiß, vielleicht sind Unterbewußtsein und die Mutter Gottes ein und dasselbe.

Nicht, als ob die Mutter Gottes nur das Unterbewußtsein wäre, nein, das Unterbewußtsein ist die »Mutter« – »Gottes«.

In dem vorliegenden Roman spielt ein gewisser Christopher Taubenschlag die Rolle eines lebenden Menschen.

Ob er jemals gelebt hat, gelang mir nicht ausfindig zu machen; meiner Phantasie ist er sicherlich nicht entsprungen, das glaube ich fest; ich sage das rund heraus, auf die Gefahr hin, daß man mich für jemand halten wird, der sich interessant machen will.

Genau zu schildern, auf welche Weise das Buch zustande kam, liegt hier kein Anlaß vor; es genügt, daß ich nur in Streiflichtern knapp skizziere, was sich begeben hat.

Man möge entschuldigen, daß dabei in einigen Sätzen von mir selbst die Rede ist, ein Übelstand, der sich leider nicht vermeiden läßt.

Ich hatte den Roman in allen Umrissen fertig im Kopfe und begann ihn niederzuschreiben, da bemerkte ich – später erst, beim Durchlesen der Niederschrift! –, daß sich der Name »Taubenschlag«, ohne daß es mir sogleich bewußt geworden wäre, eingeschlichen hatte.

Doch nicht genug damit: Sätze, die ich mir vorgenommen hatte, zu Papier zu bringen, änderten sich unter der Feder und drückten etwas ganz anderes aus, als ich sagen wollte; es entspann sich ein Kampf zwischen mir und dem unsichtbaren »Christopher Taubenschlag«, in dem dieser schließlich die Oberhand behielt.

Ich hatte geplant, eine kleine Stadt zu schildern, die in meinem Gedächtnis lebt: es wurde ein völlig anderes Bild daraus, ein Bild, das heute schärfer vor mir steht als jenes wirklich erlebte.

Es blieb mir schließlich nichts anderes übrig, als dem Einfluß, der sich Christopher Taubenschlag nennt, seinen Willen zu lassen, ihm, sozusagen, meine Hand zur Niederschrift zu leihen und alles das aus dem Buche zu streichen, was meinen eigenen Einfällen entstammte.

Setzen wir den Fall: Jener Christopher Taubenschlag sei ein unsichtbares Wesen, das auf rätselhafte Weise imstande ist, einen Menschen bei klarem

Bewußtsein zu beeindrucken und nach seinem Willen zu lenken, so stellt sich die Frage ein: warum hat er mich denn benutzt, um seine Lebensgeschichte und den Gang seiner geistigen Entwicklung zu schildern? Aus Eitelkeit? – Oder damit ein »Roman« zustande kommt?
Möge jeder sich selbst die Antwort geben.
Meine eigene Ansicht will ich für mich behalten.
Vielleicht steht mein Fall bald nicht mehr vereinzelt da; vielleicht ergreift jener »Christopher Taubenschlag« morgen die Hand eines andern.
Was heute ungewöhnlich erscheint, kann morgen alltäglich sein! Vielleicht ist die alte und doch ewig neue Erkenntnis auf dem Wege:

>»Jedwede Tat, die hier geschieht,
>Geschieht nach dem Naturgesetz;
>Ich bin der Täter dieser Tat –
>Ist selbstgefälliges Geschwätz.«

Und die Figur des Christopher Taubenschlag ist nur ihr Vorbote, ist ein Symbol, ist die als Persönlichkeit sich gebärdende Maske einer gestaltlosen Kraft?
Für die Siebengescheiten, die da so überaus stolz sind auf ihr »Hausherrentum«, mag freilich der Gedanke widerwärtig sein, daß der Mensch nur eine Marionette ist.
Als ich von ähnlichen Empfindungen erfaßt, eines Tages mitten im Schreiben war, kam mir plötzlich

der Gedanke: Ist dieser Christopher Taubenschlag vielleicht so etwas wie ein von mir abgespaltenes Ich? Eine vorübergehende, zu selbständigem Leben erwachte, in mir unbewußt gezeugte und geborene Phantasiegestalt, wie es bei Leuten vorkommen soll, die zeitweilig Erscheinungen zu sehen glauben und sich mit ihnen sogar unterhalten?

Als hätte jener Unsichtbare in meinem Gehirn gelesen, unterbrach er sofort den Lauf der Erzählung und streute, meine schreibende Hand benützend, wie in Parenthese die sonderbare Antwort ein:

»Sind Sie« – (es klang mir wie Spott, daß er mich ›Sie‹ und nicht ›Du‹ nannte) – »Sind Sie, wie alle Menschen, die sich gleich Ihnen einbilden, Einzelwesen zu sein, vielleicht etwas anderes als eine ›Ichspaltung‹? – Abspaltung jenes großen Ichs, das man Gott nennt?«

Ich habe seitdem oft und viel über den Sinn dieses merkwürdigen Satzes nachgedacht, denn ich hoffte in ihm den Schlüssel zu dem Rätsel, das Christopher Taubenschlags Daseinsbedingungen für mich umgibt, zu finden. Einmal glaubte ich bei meinen Grübeleien bereits ein gewisses Licht entdeckt zu haben, da verwirrte mich ein ähnlicher »Zuruf«:

»Jeder Mensch ist ein Taubenschlag, aber nicht jeder ist ein Christopher. Die meisten Christen bilden es sich nur ein. Bei einem echten Christen fliegen die weißen Tauben aus und ein.«

Von da an gab ich die Hoffnung auf, dem Geheimnis auf die Spur zu kommen, und verwarf gleichzeitig jede Spekulation, ich könnte am Ende – die antike Theorie, der Mensch verkörpere sich mehrmals auf Erden, vorausgesetzt – einst jener Christopher Taubenschlag in einem früheren Leben gewesen sein!

Am liebsten wäre mir, ich dürfte glauben: jenes Etwas, das mir die Hand führte, ist eine ewige, freie, in sich selbst ruhende und von jeglicher Gestaltung und Form erlöste Kraft; aber, wenn ich des Morgens nach traumlosem Schlafe erwache, sehe ich zuweilen zwischen Augapfel und Lid das Bild eines alten, weißhaarigen, bartlosen Mannes, hochgewachsen und jugendlich schlank, wie eine Erinnerung der Nacht vor mir, und der Eindruck erfüllt mich für den Tag mit dem nicht loszuwerdenden Gefühl: das muß Christopher Taubenschlag sein.

Oft hat sich mir dabei der merkwürdige Gedanke zugesellt: Er lebt jenseits von Zeit und Raum und tritt das Erbe deines Lebens an, wenn der Tod nach dir die Hand ausstreckt. Doch wozu solche Erwägungen, die Fremde nichts angehen!

Ich bringe nunmehr die Kundgebungen Christopher Taubenschlags, so wie sie erfolgten, in der oft abgerissenen Form, ohne etwas hinzuzufügen oder wegzulassen.

I

Christopher Taubenschlags erste Kundgebung

Solange ich denken kann, behaupten die Leute in der Stadt, ich hieße Taubenschlag.
Wenn ich als kleiner Junge mit einer langen Stange, an deren Spitze ein Docht brannte, in der Abenddämmerung von Haus zu Hans trabte und die Laternen anzündete, marschierten die Kinder der Gasse vor mir her, klatschten im Takt in die Hände und sangen: Taubenschlag, Taubenschlag, Taubenschlag, Trarara Taubenschlag.
Ich ärgerte mich nicht darüber, wenn ich auch selbst nie mitsang.
Später griffen die Erwachsenen den Namen auf und redeten mich mit ihm an, wenn sie etwas von mir wollten.
Anders steht es mit dem Namen Christopher. Er hing mir, auf einen Zettel geschrieben, am Halse, als man mich als Säugling, nackt, eines Morgens vor der Türe der Marienkirche liegen fand.
Den Zettel wird wohl meine Mutter geschrieben haben, als sie mich damals ausgesetzt.

Es ist das einzige, was sie mir mitgegeben hat. Darum habe ich von je den Namen Christopher als etwas Heiliges empfunden. Er hat sich mir in den Körper geprägt, und ich habe ihn wie einen Taufschein – ausgestellt im Reiche des Ewigen –, wie ein Dokument, das niemand rauben kann, durchs Leben getragen. Beständig wuchs und wuchs er wie ein Keim aus der Finsternis empor, bis er als der wieder erschien, der er von Anbeginn an gewesen, sich mit mir verschmolz und mich geleitete in die Welt der Unverweslichkeit. So, wie da geschrieben steht: es wird gesät verweslich und wird auferstehen unverweslich.

Jesus wurde als erwachsener Mensch bei vollem Bewußtsein dessen, was geschah, getauft: der Name, der sein Ich war, senkte sich auf die Erde herab; die Heutigen werden als Säuglinge getauft; wie könnte es sein, daß sie erfassen, was sich mit ihnen begeben hat! Sie irren durchs Leben dem Grabe zu wie Schwaden, die der Windhauch in den Sumpf zurücktreibt; ihre Leiber verfaulen, und an dem, der aufersteht – ihr Name –, haben sie kein Teil. Ich aber weiß, soweit ein Mensch von sich sagen darf, er wisse, daß ich Christopher heiße.

In der Stadt geht die Sage, ein Dominikanermönch, Raimund de Pennaforte, habe die Marienkirche gebaut aus Gaben, die ihm aus aller Herren Länder unbekannte Spender zugesandt.

Über dem Altar steht die Inschrift: »Flos florum – so werde ich offenbar nach dreihundert Jahren.« Sie haben ein farbiges Brett darübergenagelt, aber es fällt immer wieder herab. Jedes Jahr am selben Marientag.

Es heißt, in gewissen Nächten am Neumond, wenn es so finster ist, daß man die Hand nicht vor Augen sieht, werfe die Kirche einen weißen Schatten auf den schwarzen Marktplatz. Das sei die Gestalt des weißen Dominikaners Pennaforte.

Wenn wir Kinder des Findel- und Waisenhauses zwölf Jahre alt wurden, mußten wir zum erstenmal zur Beichte gehen.

»Warum warst du nicht beichten?« herrschte mich am nächsten Morgen der Kaplan an.

»Ich war beichten, Hochwürden!«

»Du lügst!«

Da erzählte ich, was sich begeben hatte: »Ich stand in der Kirche und wartete, daß man rufe, da winkte mir eine Hand, und als ich an die Beichtzelle trat, saß ein weißer Mönch darin und fragte mich dreimal, wie ich heiße. Beim erstenmal wußte ich es nicht, beim zweitenmal wußte ich es wohl, aber ich hatte es vergessen, ehe ich es aussprechen konnte; beim drittenmal trat mir kalter Schweiß auf die Stirn, und meine Zunge war lahm, ich konnte nicht reden, aber jemand in meiner Brust schrie: ›Christopher‹ – – Der weiße Mönch hat es wohl hören müssen, denn er schrieb den Namen in ein Buch und deutete darauf und hat gesagt: ›So bist du hinfort eingetragen in das Buch des Lebens.‹ Dann hat er mich gesegnet und hat gesagt: ›Ich vergebe dir deine Sünden – die vergangenen und die zukünftigen‹.«

Bei meinen letzten Worten, die ich ganz leise gesprochen hatte, damit keiner meiner Kameraden sie hören sollte, denn ich fürchtete mich, trat der Kaplan wie in wildem Entsetzen einen Schritt zurück und schlug das Kreuz.

Noch in derselben Nacht geschah es zum erstenmal, daß ich auf unbegreifliche Weise das Haus verließ, ohne daß ich mir hätte erklären können, wie ich wieder heimgekommen bin.

Ich hatte mich entkleidet niedergelegt und erwachte des Morgens im Bette völlig angezogen und mit staubigen Stiefeln. In der Tasche hatte ich Bergblumen, die ich wohl auf den Höhen gepflückt haben mußte.

So ging es später noch oft, bis die Vorsteher des Waisenhauses dahinter kamen und mich schlugen, weil ich nie sagen konnte, wo ich gewesen war.

Eines Tages wurde ich ins Kloster zum Kaplan gerufen. Er stand mit dem alten Herrn, der mich später an Kindes Statt annahm, mitten in der Stube, und ich erriet, daß sie über mein Wandern gesprochen hatten.

»Dein Körper ist noch zu unreif. Er darf nicht mitgehen. Ich werde dich anbinden«, sagte der alte Herr, als er, mich an der Hand führend und bei jedem Satz seltsam nach Luft schnappend, seinem Hause zuschritt.
Mir bebte das Herz vor Angst, denn ich begriff nicht, was er meinte.
An der mit großen Nägeln verzierten eisernen Haustüre des alten Herrn stand in Metall gehämmert: Bartholomäus Freiherr von Jöcher, ehrenamtlich bestallter Laternenanzünder.
Ich verstand nicht, wieso ein Adliger ein Laternenanzünder sein könne; mir war, als ich es las, als falle all das kümmerliche Wissen, das sie mir in der Schule beigebracht, wie Papierfetzen von mir ab, so sehr zweifelte ich in jenem Augenblick daran, ich sei überhaupt fähig klar zu denken.
Später erfuhr ich, daß des Barons erster Ahnherr ein schlichter Laternenanzünder gewesen war, den man geadelt hatte wegen etwas, das ich nicht weiß. Seitdem zeigt das Wappen derer von Jöcher neben anderen Emblemen eine Öllampe, eine Hand und einen Stab, und die Barone beziehen von Geschlecht zu Geschlecht alljährlich eine kleine Rente von der Stadt, gleichgültig, ob sie ihr Amt, die Laternen in den Straßen anzuzünden, ausüben oder nicht.
Schon tags darauf mußte ich auf das Geheiß des Barons das Amt antreten. »Deine Hand soll lernen,

was später dein Geist fortführen wird«, sagte er. »Es sei ein Beruf noch so gering, geadelt wird er, wenn dereinst der Geist ihn übernehmen kann. Eine Arbeit, die die Seele zu erben sich weigert, ist nicht wert, daß der Leib sie vollbringt.«
Ich sah den alten Herrn an und schwieg, denn ich verstand damals noch nicht, was er meinte.
»Oder möchtest du lieber ein Kaufmann werden?« setzte er mit freundlichem Spott hinzu.
»Soll ich früh morgens die Laternen wieder auslöschen?« fragte ich schüchtern.
Der Baron streichelte mir die Wange: »Freilich, wenn die Sonne kommt, brauchen die Menschen kein anderes Licht.«
Zuweilen, wenn der Baron mit mir sprach, hatte er eine merkwürdig verstohlene Art mich anzublikken; in seinen Augen schien die stumme Frage zu liegen: »Verstehst du endlich?«, oder wollte er damit sagen: »Ich bin voll Unruhe, du könntest erraten haben?«
In solchen Fällen fühlte ich oft ein heißes Brennen in meiner Brust, als gäbe jene Stimme, die damals bei meiner Beichte vor dem weißen Mönch den Namen Christopher geschrien hatte, eine mir unhörbare Antwort.
Der Baron war verunstaltet durch einen ungeheuren Kropf an der linken Seite, so daß der Kragen seines Rockes bis zur Schulter aufgeschnitten sein

mußte, um den Hals an der Bewegung nicht zu hindern.

Nachts, wenn der Rock über den Lehnstuhl gehängt war und aussah wie der Rumpf eines Geköpften, flößte er mir oft ein unbeschreibliches Grauen ein; ich konnte mich davon nur befreien, wenn ich mir vorstellte, welch überaus liebenswürdiger Einfluß im Leben von dem Baron ausging. Trotz seinem Gebreste und dem beinahe lächerlichen Anblick, den es bot, wenn der graue Bart wie ein gesträubter Besen vom Kropf abstand, hatte mein Pflegevater etwas ungemein Feines und Zartes an sich, etwas hilflos Kindliches, ein Niemandverletzen-Können, das noch gehoben wurde, wenn er sich zuweilen drohend gab und einen durch die scharfen Brenngläser seines altmodischen Nasenkneifers streng anblickte.

In solchen Momenten kam er mir immer vor wie eine große Elster, die sich dicht vor einen hinpflanzt, als wolle sie einen zum Kampfe herausfordern, derweilen ihr Auge, wachsam bis zum äußersten, kaum die Angst verhehlen kann: »Du wirst dich doch nicht etwa unterstehen, mich fangen zu wollen!?«

Das Haus derer von Jöcher, in dem ich so viele Jahre leben sollte, war eines der ältesten in der Stadt; es hatte viele Stockwerke, in denen die Vorfahren des Barons gehaust – immer ein Geschlecht ein Geschoß höher als das vorhergegangene, als sei ihre Sehnsucht, dem Himmel näher zu sein, immer größer geworden.

Ich kann mich nicht entsinnen, daß der Baron diese alten Räume, deren Gassenfenster blind und grau geworden waren, jemals betreten hätte; er wohnte mit mir in den paar schmucklosen, weiß getünchten Zimmern dicht unter dem flachen Dach.

Anderwo wachsen die Bäume auf der Erde und die Menschen schreiten darunter hin; bei uns wächst ein Holunderbaum mit weißen, duftenden Dolden hoch oben in einem großen verrosteten Eisenkessel, der, einst zur Regentraufe bestimmt gewesen, eine mit verfaultem, angewehtem Laub und Schutterde gefüllte Röhre hinab aufs Pflaster sendet.

Tief unten strömt ein breiter, wellenloser, von Gebirgswasser grauer Fluß dicht an den uralten, rosa-, ockergelb- und hellblaufarbigen, aus kahlen Fenstern blickenden Häusern hin, auf denen die Dächer sitzen wie moosgrüne Hüte ohne Krempen. Als ein Kreis umströmt er die Stadt, die darin liegt, inselgleich, von einer Wasserschlinge gefangen; er kommt von Süden, wendet sich nach Westen, kehrt wieder zum Süden zurück, dort nur mehr durch eine schmale Landzunge, auf der unser Haus als letztes steht, getrennt von der Stelle, wo er die Stadt

zu umarmen begann, – um hinter einem grünen Hügel dem Blick zu entschwinden.
Über die braune, mit mannshohen Planken eingefaßte Holzbrücke – der Boden aus rohen rindigen Stämmen, die beben, wenn der Ochsenwagen darüberfährt – kann man hinübergelangen ans andere, ans bewaldete Ufer, wo Sandbrüche ins Wasser abfallen. Von unserem Dach aus sieht man über sie hinweg weit ins Wiesenland hinein, in dessen dunstiger Ferne die Berge wie Wolken schweben und die Wolken wie Berge auf der Erde lasten.
Mitten aus der Stadt ragt ein burgartiges, langgestrecktes Gebäude auf, zu nichts mehr gut oder schlimm, als die stechende Glut der Herbstsonne aufzufangen mit feuerglimmenden lidlosen Fenstern.
In dem Eierpflaster des immer menschenleeren Marktplatzes, darauf die großen Schirme der Händler in Haufen umgestürzter Körbe wie vergessenes Riesenspielzeug stehen, wächst Gras zwischen den Ritzen der Steine.
Bisweilen an Sonntagen, wenn die Hitze die Mauern des barocken Rathauses heiß sengt, dringen die gedämpften Klänge einer Blechmusik, getragen vom kühlen Lufthauch, aus der Erde herauf, – werden lauter, das Tor der Gastschenke »zur Post, genannt beim Fletzinger« gähnt plötzlich, ein Hochzeitszug marschiert gemessen zur Kirche in alter

bunter Tracht, Burschen mit farbigen Bändern schwingen feierlich Kränze, voran ein Trupp Kinder, weit an der Spitze flink wie ein Wiesel trotz seiner Krücken ein winziger, zehnjähriger, vor Fröhlichkeit halbtoller Krüppel, als gehe nur ihn allein die Freude des Festes an, während alle andern unter dem Ernste der Feier stehen.

Als ich an jenem ersten Abend um einzuschlafen bereits im Bette lag, ging die Türe auf, und wiederum packte mich eine unbestimmte Angst, denn der Baron trat zu mir, und ich glaubte, er wolle mich anbinden, wie er gedroht hatte.

Aber er sagte nur: »Ich will dich beten lehren; – sie alle wissen nicht, wie man betet. Man betet nicht mit Worten, man betet mit den Händen. Wer mit Worten betet, der bettelt. Man bettelt nicht. Der Geist weiß schon, was dir nötig ist. Wenn sich die Handflächen berühren, ist das Linke im Menschen durch das Rechte zur Kette geschlossen.

So ist der Leib fest gebunden, und aus den Fingerspitzen, die nach oben stehen, steigt frei eine Flamme auf. – Das ist das Geheimnis des Betens, von dem in keiner Schrift geschrieben steht.«

In dieser Nacht wanderte ich das erstemal, ohne daß ich am nächsten Morgen mit staubigen Stiefeln und angekleidet im Bette erwacht wäre.

2

Die Familie Mutschelknaus

Mit unserem Hause beginnt die Straße, die mein Gedächtnis die Bäckerzeile nennt. – Es ist das erste und steht allein.

Drei Seiten blicken ins Land hinein, von der vierten aus kann ich die Mauer des Nachbarhauses berühren, wenn ich unser Stiegenfenster öffne und mich hinausbeuge, so schmal ist die Gasse, die die beiden Gebäude trennt. –

Die Gasse dazwischen hat keinen Namen, denn sie ist nur ein steilansteigender Durchlaß – ein Durchlaß, wie es wohl keinen zweiten mehr auf der Welt gibt –, ein Durchlaß, der die beiden *linken* Ufer des Flusses miteinander verbindet; er durchquert hier die Landzunge jenes Wasserkreises, auf der wir wohnen.

Frühmorgens, wenn ich fortgehe, um die Laternen auszulöschen, öffnet sich eine Türe unten im Nachbarhause, und eine besenbewaffnete Hand kehrt Hobelspäne in den heranströmenden Fluß, der sie um die ganze Stadt herum eine Reise machen läßt, um sie eine halbe Stunde später kaum fünfzig

Schritte entfernt über das Wehr zu spülen, wo er brausend Abschied nimmt.
Dieses Ende des Durchlasses mündet in die Bäckerzeile; an der Ecke über einem Laden im Nachbarhaus hängt ein Schild, darauf steht:

Fabrik für letzte Ruhestätten
ausgeübt von
Adonis Mutschelknaus

Früher hat darauf gestanden:
    Drechslermeister und Sargtischler;
man kann es noch deutlich lesen, wenn das Schild vom Regen naß wird; dann leuchtet die alte Schrift wieder durch.
Jeden Sonntag gehen Herr Mutschelknaus, seine Gattin Aglaja und seine Tochter Ophelia in die Kirche, wo sie in der ersten Reihe sitzen. Das heißt: Frau und Fräulein Mutschelknaus sitzen in der ersten Reihe. Herr Mutschelknaus sitzt in der dritten Reihe, am Eck. Unter der Holzfigur des Propheten Jonas, wo es ganz finster ist.
Wie mir das alles jetzt nach den vielen Jahren so überaus lächerlich vorkommt und – doch so unsagbar traurig!
Frau Mutschelknaus ist stets in schwarze knisternde Seide gehüllt, aus der das amaranthrote, samtene

Gebetbuch aufschrillt wie ein Halleluja in Farben. In matten, spitzen Prünellstiefelchen mit Gummizug umtrippelt sie, dezent die Röcke hebend, sorgsam jede Pfütze; auf ihren Wangen verrät ein dichtes Netz feiner rotblauer, unter der rosa geschminkten Haut geplatzter Äderchen das nahende Matronenalter; die sonst so beredsamen Augen, sorgfältig an den Wimpern getuscht, sind züchtig niedergeschlagen, denn es ziemt sich nicht, wenn die Glocken die Menschen vor Gott rufen, sündigen Frauenreiz zu strahlen.
Ophelia trägt ein wallendes griechisches Gewand und einen Goldreifen um das feine, aschblonde Lockenhaar, das ihr bis auf die Schultern fällt, und immer, so oft ich sie sah, von einem Myrtenkranz gekrönt war.
Sie hat den schönen, ruhigen, gelassenen Gang einer Königin.
Immer klopft mir das Herz, wenn ich an sie denke.
Sie ist auf dem Kirchgang dicht verschleiert – erst viel später habe ich ihr Gesicht gesehen, darin die dunkeln, großen, weltverloren blickenden Augen so seltsam abstechen von dem blonden Haar.
Herr Mutschelknaus, im langen, schwarzen schlottrigen Sonntagsrock, geht meistens ein wenig hinter den beiden Damen; wenn er sich vergißt und mit ihnen auf gleiche Höhe kommt, flüstert ihm Frau Aglaja jedesmal zu:

»Adonis, einen halben Schritt zurück!«
Er hat ein schmales, trübselig langes, eingefallenes Gesicht mit rötlichem, schütterem Bart und eine weit vorspringende Vogelnase unter der Stirn, die, nach innen gebaucht, in einen kahlen Spitzschädel ausläuft, der aussieht mit seinem mottenfleckigen Haargürtel, als habe sein Herr damit ein räudiges Fell durchstoßen und die ringsum hängengebliebenen Reste abzuwischen vergessen.
Der Rand des Zylinderhutes, den Herr Mutschelknaus bei jeder feierlichen Gelegenheit trägt, muß immer an der Stirnseite mit einem fingerdicken Watteknödel gefüttert sein, damit er nicht wackle.
An Wochentagen wird Herr Mutschelknaus nie sichtbar. Er ißt und schläft unten in seiner Werkstatt. Seine Damen wohnen in mehreren Zimmern im dritten Stock.
Es mögen wohl drei bis vier Jahre, seit mich der Baron aufgenommen hatte, vergangen sein, ehe ich erfuhr, daß Frau Aglaja und Tochter und Herr Mutschelknaus zusammengehörten.

Der schmale Durchlaß zwischen den beiden Häusern ist vom ersten Morgengrauen an bis nach Mitternacht erfüllt von einem gleichmäßigen brummenden Geräusch, als könne ein Schwarm riesiger Hummeln irgendwo tief in der Erde nicht zur Ruhe kommen; es dringt leise und betäubend bis herauf zu uns, wenn die Luft still ist. – Anfangs erregte es mich und ich mußte immer hinhören, wenn ich tagsüber lernen sollte, ohne daß es mir jedoch nur ein einzigesmal eingefallen wäre zu fragen, woher es wohl stammen möchte. Man forscht nicht nach der Ursache von Begebnissen, die sich ununterbrochen wiederholen; sie erscheinen einem selbstverständlich, man findet sich mit ihnen ab, so ungewöhnlich sie im Grunde auch sein mögen. Erst wenn die Sinne erschrecken, wird der Mensch wißbegierig – oder er läuft davon.

Allmählich gewöhnte ich mich an das Geräusch, als wäre es Ohrensausen, so sehr, daß ich nachts, wenn es plötzlich verstummte, jäh aus dem Schlummer fuhr und glaubte, jemand habe mir einen Schlag versetzt.

Als eines Tages Frau Aglaja, die Hände an die Ohren gedrückt, eilig um die Ecke bog und mir dabei einen Korb mit Eiern aus der Hand schlug, entschuldigte sie sich mit den Worten: »Ach Gott, mein liebes Kind, das kommt von dem scheußlichen Gedrechsel des – des Ernährers. Und – und – und seiner Gesellen«, ergänzte sie, als habe sie sich verschnappt.

»Also die Drehbank des Herrn Mutschelknaus ist es, die so brummt!« erriet ich. Daß er überhaupt keine Gesellen hatte, und daß die Fabrik nur aus ihm allein bestand, erfuhr ich später von ihm selbst.

Es war ein schneeloser, finsterer Winterabend; ich wollte eben mit meiner Stange die Klappe der Laterne an der Ecke von unten aufstoßen, um anzuzünden, da rief mich eine Flüsterstimme an: »Pst, pst, Herr Taubenschlag!«, und ich erkannte den Drechslermeister Mutschelknaus, wie er mit grüner Schürze und Pantoffeln, darauf je ein Löwenkopf aus bunten Perlen gestickt war, angetan, mich heranwinkend im Durchlaß stand.
»Herr Taubenschlag, wenn's möglich is, bitte, lassen's heut nacht hier finster, gelt?« – »Wissen Sie« – fuhr er fort, da er mir anmerkte, wie betroffen ich war, obwohl ich mich nicht getraute, nach dem Grunde zu fragen, »wissen Sie, – nicht daß ich Sie verführen möchte, Ihre werte Pflicht zu verletzen, aber die Ehre meiner Frau Gemahlin steht auf dem Spiel, wenn's herauskommt, was ich übernommen hab'. Und mit der Zukunft meiner Fräulein Tochter als Künstlerin wär's für immer dahin. – Kein menschliches Auge darf sehen, was heut nacht hier geschieht!« – ich wich unwillkürlich einen Schritt zurück, so entsetzte mich der Tonfall in der Rede des alten Mannes, wie er mit angstverzerrtem Mienenspiel auf mich einsprach, – »nein, nein, bitte, nicht davonlaufen, Herr Taubenschlag! – Es ist ja kein Verbrechen nicht! – Freilich, wenn's herauskommt, muß ich ins Wasser gehen! – Wissen Sie, ich habe nämlich einen höchst – einen höchst anrü-

chigen Auftrag von einem Kunden in der Hauptstadt bekommen, und der wird heut nacht, wenn alles schläft, heimlich auf einen Wagen geladen und fortgeschafft; der Auftrag nämlich. Tja. Hm.«
Mir fiel ein Stein vom Herzen.
Wenn ich auch nicht ahnen konnte, worum es sich handelte, so erriet ich doch, daß es nur etwas Harmloses sein konnte.
»Soll ich Ihnen beim Aufladen helfen, Herr Mutschelknaus?« bot ich mich an.
Der Drechsler fiel mir beinahe um den Hals vor Entzücken: – »Aber wird es auch der Herr Freiherr nicht erfahren?« fragte er im selben Atem und schon wieder sorgenvoll. »Und dürfen Sie so spät noch herunter? – Sie sind ja noch so jung!«
»Mein Pflegevater wird nichts merken«, beruhigte ich ihn.

Um Mitternacht hörte ich unten leise meinen Namen rufen.
Ich schlich mich die Treppe hinab und sah schattenhaft in der Dunkelheit einen Leiterwagen stehen.
Den Pferden waren die Hufe mit Lappen umwickelt, damit man sie nicht trappen hören sollte.
– Neben der Deichsel stand ein Fuhrknecht und grinste jedesmal, so oft Herr Mutschelknaus aus seinem Laden einen Korb voll runder, großer,

braun gestrichener Holzdeckel, mit je einem Knopf in der Mitte zum Anfassen, geschleppt brachte.
Ich sprang sofort zu und half aufladen. In einer halben Stunde war der Wagen gefüllt bis oben und schwankte über die Palisadenbrücke, sich bald in der Finsternis verlierend.
Hochaufatmend zog mich der Alte trotz meines Widerstrebens in seine Werkstätte.
Ein runder, weißgehobelter Tisch mit einem Krug Dünnbier darauf und zwei Gläsern, von denen das eine – ein schöngeschliffenes Stück – offenbar für mich bestimmt war, fing wie eine helle Scheibe das ganze spärliche Licht der darüber hängenden kleinen Petroleumlampe auf; der übrige langgestreckte Raum lag fast in Dunkelheit. Nur nach und nach, wie sich meine Augen gewöhnten, konnte ich die Dinge unterscheiden.
Eine stählerne Achse, tagsüber von draußen angetrieben durch ein Wasserrad im Fluß, lief von Wand zu Wand. – Jetzt schliefen etliche Hühner darauf.
Lederne Treibriemen hingen wie Galgenschlingen auf die Drehbank herab. – Eine Holzstatue des heiligen Sebastian, von Pfeilen durchbohrt, ragte aus der Ecke. Auf jedem Pfeil schlief ebenfalls ein Huhn.
Ein offener Sarg, darin ein paar Stallhasen im Traum von Zeit zu Zeit rumorten, stand am Kopf-

ende einer jämmerlichen Pritsche, die dem Drechsler als Bett dienen mochte.
Eine Zeichnung unter Glas, mit goldenem Rahmen und von einem Lorbeerkranz umgeben, war der einzige Zimmerschmuck; sie stellte eine junge Frau in theatralischer Pose mit geschlossenen Augen und halb offenem Munde dar, die Gestalt nackt, nur mit Feigenblatt, aber schneeweiß, als habe sie, mit Gipswasser bestrichen, Modell gestanden.
Herr Mutschelknaus errötete ein wenig, als er bemerkte, daß ich vor dem Bilde stehengeblieben war, und sagte rasch: »Es ist meine Frau Gemahlin, als sie mir die Hand zum ewigen Bunde reichte. – Sie war nämlich« – setzte er, sich räuspernd, als Erklärung hinzu » – Marmornymphe. – – Ja ja, Aloisia, – das heißt Aglaja, natürlich: Aglaja – meine Frau Gemahlin, hatte nämlich das Unglück, von ihren seligen Herren Eltern verständnisloserweise als kleines Kind mit dem beschämenden Namen Aloisia aus der heiligen Taufe gehoben worden zu sein. – Aber nicht wahr, Herr Taubenschlag, Sie sagen's nicht weiter! Der künstlerische Ruf meiner Fräulein Tochter litte sonst darunter. Hm. Tja.« – Er führte mich an den Tisch, bot mir mit einer Verbeugung einen Sessel an und schenkte mir von dem Dünnbier ein.
Er schien ganz vergessen zu haben, daß ich ein halbwüchsiger Junge war – noch nicht fünfzehn

Jahre alt –, denn er sprach zu mir wie zu einem Erwachsenen, wie zu einem Herrn, der an Rang und Bildung weit über ihm stünde.

Anfangs glaubte ich, er wolle mich nur unterhalten, indem er mir erzählte, doch bald erriet ich an der Art, wie sein Tonfall gepreßt und furchtsam wurde, so oft ich zu den Hasen hinüberschaute, daß er meine Aufmerksamkeit von der ärmlichen Umgebung abzulenken wünschte.

So bemühte ich mich denn, ruhig zu sitzen und meine Augen nicht mehr wandern zu lassen.

Bald hatte er sich in eine tiefe Erregung hineingeredet. Seine eingefallenen Wangen bekamen kreisrunde, hektische Flecken.

Immer deutlicher klang es aus seinen Worten wie ein krampfhaftes Bemühen, sich mir gegenüber – zu rechtfertigen!

Ich fühlte mich damals noch so sehr Kind – und das meiste, was er erzählte, ging überdies weit über mein Fassungsvermögen hinaus –, daß mich unter dem Eindruck der seltsamen Dissonanzen, den seine Rede in mir erweckte, allmählich ein leises, unerklärliches Grauen beschlich.

Ein Grauen, das sich tief in mich einfraß und von Jahr zu Jahr, als ich längst ein Mann geworden, jedesmal intensiver erwachte, so oft das Bild durch Zufall in meiner Erinnerung auferstand.

Mit meiner wachsenden Erkenntnis der Scheußlichkeiten, die das Dasein über den Menschen verhängt, wuchs auch jedes Wort, das der Drechsler damals gesprochen, an greller Nacktheit und Perspektive in meinem Gedächtnis und konnte bisweilen zum Albdruck werden, wenn ich mir die Zusammenhänge vergegenwärtigte und im Geiste das jammervolle Schicksal des alten Drechslers durchwanderte, das tiefe Dunkel, das seine Seele umfing, wie in der eigenen Brust empfand und den grausigen Mißklang zwischen der gespenstischen Komik, die ihm anhaftete, und seinem verstiegenen und zugleich tief ergreifenden Opfermut für ein falsches Ideal, das ihm der Satan selbst nicht hämischer als Irrlicht hätte ins Leben stellen können.

Damals, als Kind, empfand ich seine Erzählung, ich möchte sagen: wie die Beichte eines Irrsinnigen, die für andere Ohren als die meinen bestimmt war, der ich aber zuhören mußte, ob ich wollte oder nicht, festgehalten von einer unsichtbaren Hand, die Gift in mein Blut träufeln wollte.

Es waren da Augenblicke, wo ich mich sekundenlang verfallen und morsch wie ein Greis fühlte, so lebhaft übertrug sich auf mich der Wahn des Drechslers, ich sei ihm gleichaltrig oder überlegen und nicht ein kleiner Junge.

»Ja, ja, sie war eine große, berühmte Künstlerin«, so ungefähr begann er; »Aglaja! Niemand in diesem erbärmlichen Nest ahnt es. Sie will es nicht, daß man es erfährt! Wissen Sie, Herr Taubenschlag, ich kann's nicht so sagen, wie ich möchte. Ich kann ja kaum schreiben. Aber das ist ein Geheimnis zwischen uns, nicht wahr? So wie das vorhin mit den, mit den, na ja mit den Deckeln. Ich kann nämlich nur ein Wort schreiben« – er nahm ein Stück Kreide aus der Tasche und malte auf den Tisch –, »nämlich das da: Ophelia.«

»Und lesen kann ich freilich überhaupt nicht. Ich bin nämlich« – er beugte sich vor und flüsterte mir geheimnisvoll ins Ohr – »verzeihen den Ausdruck: ein Tepp. Wissen Sie: mein Vater, der war nämlich sehr streng, und weil ich als kleiner Bub einmal hab' den Leim anbrennen lassen, hat er mich in einen Metallsarg, der grad fertig war, auf vierundzwanzig Stunden eing'sperrt und hat g'sagt, ich würd' lebendig begraben. Das hab' ich natürlich geglaubt und die Zeit drin war mir so furchtbar wie eine lange, lange Ewigkeit in der Hölle, die nie mehr ein End' nimmt, denn ich hab' mich ja nicht rühren können und auch fast nicht schnaufen. Ich hab' mir die vordern Unterzähn' ausgebissen vor Todesangst. Aber«, setzte er ganz leise hinzu, »warum hab' ich auch den Leim anbrennen lassen! Wie sie mich aus dem Sarg herausgenommen haben, hab' ich den Verstand verloren gehabt. Und die Sprache. Erst zehn Jahre später hab' ich wieder langsam angefangen reden zu lernen. Aber nicht wahr, Herr

Taubenschlag, das ist ein Geheimnis zwischen uns! Wenn die Leut' von meiner Schand' erfahren, ist's mit dem künstlerischen Ruhm meiner Fräulein Tochter dahin! Tja. Hm. – Wie dann mein Vater selig eines Tages für immer ins Paradies eingegangen ist – er ist begraben worden in demselbigen Metallsarg – und mir das Geschäft und auch Geld hinterlassen hat – er war Witwer –, da hat mir die himmlische Vorsehung zum Trost – denn ich hab' gemeint, ich müßt' mich tot weinen vor Gram um den Verlust meines Vaters – wie einen Engel den Herrn Oberregißjeh Herrn Paris ins Haus geschickt. Sie kennen den Herrn Künstler Paris nicht? Er kommt jeden zweiten Tag, mein Fräulein Tochter im Theaterspielen unterrichten! Er hat den gleichen Namen wie der alte griechische Gott Paris; es ist eine Vorsehung von Kindesbeinen an. Tja. Hm. – Meine jetzige Frau Gemahlin war damaliger Zeit noch Jungfrau. Tja. Hm. – Das heißt, ich mein', sie war halt noch ein Mädchen. Tja. Hm. – Und der Herr Paris hat ihre künstlerische Laufbahn gezügelt. Sie war Marmornymphe in einem geheimen Theater in der Hauptstadt. Tja. Hm.«
An der abgerissenen Art, wie er die Sätze hervorstieß und nach unfreiwilligen kleinen Pausen sich immer wieder zum Weitersprechen aufriß, merkte ich, daß sein Gedächtnis zwischendurch erlosch, um dann von neuem, wie der Atem kam oder ging,

aufzuflackern. Es war wie Ebbe und Flut in seinem Bewußtsein. »Er hat sich noch immer nicht erholt von jener entsetzlichen Folter in dem Metallsarg«, fühlte ich instiktiv; »er ist heute noch ein Lebendigbegrabener.«

»No, und wie ich damals das Geschäft geerbt hab', ist der Herr Paris in mein Haus gekommen und hat gesagt, die berühmte Marmornymphe Aglaja hätt' mich zufällig beim Begräbnis gesehen, als sie ungekannt durch unsere Stadt gekommen ist. Hm. Tja. – Und wie sie mich am Grab meines Vatern so hätt' weinen sehen, da hätt' sie gesagt (Herr Mutschelknaus sprang plötzlich auf und deklamierte mit Pathos in die Luft hinein, die kleinen, wasserblauen Augen starr, als sähe er die Worte in Feuerschrift), da hat sie gesagt: ›diesem schlichten Manne will ich eine Stütze fürs Leben sein und ein Licht in der Finsternis, das ihm nimmermehr erlöschen möge. Ich will ihm ein Kind gebären, dessen Leben nur der Kunst geweiht sein soll. Seinem Geiste will ich das Auge öffnen für das Erhabene, und sollte selbst in der Öde des grauen Alltags darob mein Herze brechen. Ade, Kunst! Ade, Ruhm! Ade, ihr Stätten des Lorbeers! Aglaja geht und nimmer kehrt sie wieder.‹ Tja. Hm.« – Er fuhr sich mit der Hand über die Stirn, setzte sich, als habe die Erinnerung ihn plötzlich verlassen, langsam wieder auf seinen Stuhl.

»Tja. Hm. Der Herr Oberregißjeh hat laut geweint und sich das Haar gerauft. Damals, wie wir zu dritt beim Hochzeitsmahl gesessen sind. Und in einemfort hat er geschrien. ›Mein Theater ist ruiniert, wenn ich Aglaja verliere. Ich bin ein toter Mann.‹ – Tja. Hm. Die tausend Gulden Münz, die ich ihm aufgedrängt hab', damit er wenigstens nicht alles verliert, haben natürlich nicht lang gereicht. Tja. Hm.
Seitdem ist er schwermütig. Erst jetzt, wo er das große traumadurgische Talent von meiner Fräulein Tochter entdeckt hat, hat er sich wieder ein bissel derfangt. Tja. Hm.
Sie muß das von ihrer Frau Mutter geerbt haben. Tja, manches Menschenkind fängt die Muse schon in der Wiege. Ophelia! Ophelia!« Eine wilde Begeisterung erfaßte ihn jäh; er packte meinen Arm und schüttelte mich heftig. »Wissen Sie auch, Herr Taubenschlag, daß Ophelia, mein Kind, ein Kind von Gottesgnaden ist? Der Herr Paris sagt immer, wenn er sich seinen Gehalt bei mir in der Werkstatt holt: ›Der Gott Vestalus selbst muß, als sie Sie gezeugt haben, Meister Mutschelknaus, mit dabei gewesen sein!‹ – Ophelia ist« – seine Stimme sank wieder zum Flüsterton herab –, »aber das ist ein Geheimnis, so wie vorhin das mit den, mit den – na ja, das mit den Deckeln. Hm. Tja. – Ophelia ist schon nach sechs Monaten auf die Welt gekommen.

Hm. Tja. Andere Kinder brauchen neun Monate. Hm. Tja. – Aber es ist kein Wunder. Auch ihre Mutter ist unter einem königlichen Stern geboren. Hm. – Nur hat er geschwankt. Nämlich der Stern. Meine Frau Gemahlin will nicht, daß es jemand erfährt, aber Ihnen kann ich's ja sagen, Herr Taubenschlag: Wissen Sie, daß sie beinahe schon auf einem Thron gesessen hätt'?! Und wenn ich nicht wäre – oft treibt's mir die Tränen in die Augen, wenn ich daran denk' – könnt' sie heut' in einer Equipage mit vier Schimmeln sitzen. Aber sie ist abgestiegen zu mir. Hm. Tja. – Und das mit dem Thron« – er hob die drei Schwurfinger –, »das war so – bei Ehr' und Seligkeit, daß ich nicht lüg'–: Der Herr Oberregißjeh Paris war nämlich in seiner Jugend, ich weiß es aus seinem eigenen Mund, Großfexier beim König von Arabien in Belgrad. Er hat dort für Seine Majestät den Allerhöchsten Harem einstudiert. Hm. Tja. Und meine jetzige Frau Gemahlin Aglaja war infolge ihrer Talente bereits zur ersten Ballastdame – man nennt das in Arabien ›Mai-Therese‹ – als Ersatzdame für die Allerhöchste linke Hand avanciert; da wurden Seine Majestät ermordet, und der Herr Paris und meine Frau Gemahlin sind in der Nacht über den Nil geflohen. Tja. Hm. – Sie ist dann, wie Sie schon wissen, Marmornymphe geworden. In einem geheimen Theater, das der Herr Paris seinerzeit ausgeübt hat. Bis sie auf den Lorbeer verzichtet hat. Auch der Herr Paris hat seinen Beruf aufgegeben und lebt nur noch wegen der Ausbildung Ophelias. Hm. Tja. – ›Wir alle müssen nur für sie leben‹, sagt er immer. ›Und Ihre hehre Aufgabe, Meister Mutschelknaus, ist es, alles aufzubieten, damit Ophelias Künstlerlaufbahn nicht an Geldnot im Keim erstickt.‹ – Sehen Sie, Herr Taubenschlag, das ist auch der Grund, warum ich so anrüchige Aufträge – Sie wissen ja! – annehmen muß. Das Sargmachen zahlt sich nicht aus. Es sterben zu wenig Leute. Hm. Tja. – Die Ausbildung meiner Fräulein Tochter könnte ich ja noch erschwingen, aber der weltberühmte Dichter, der Herr Professor Hamlet in Amerika, verlangt soviel Geld. Ich hab' ihm einen Schuldschein ausstellen müssen, und den muß ich jetzt abarbeiten. Hm. Tja. – Der Herr Professor Hamlet ist nämlich der Milchbruder vom Herrn Paris, und wie er von dem großen Talent Ophelias gehört hat, hat er extra für sie ein Theaterstück gedichtet. Das hat den Titel: ›Der König von Dänemark.‹ Drin soll der Kronprinz mein Fräulein Tochter heiraten, aber Ihre Majestät, seine Frau Mama, erlaubt's nicht und drum geht meine Ophelia ins Wasser. Meine Ophelia ins Wasser!« – Der Alte schrie es nach einer Pause nur so heraus. »Wie ich das gehört hab', hat's mir fast das Herz zerrissen. Nein, nein, nein! Meine Ophelia, mein Augapfel, mein Alles, darf nicht ins Wasser gehen! Auch nicht in einem Theaterstück. Hm. Tja. – Und ich bin niedergekniet vor dem Herrn Paris und hab' ihn so lang gebeten, bis er dem Herrn Professor Hamlet geschrieben hat. Der Herr Professor hat versprochen, er will's so einrichten, daß meine Ophelia doch den Kronprinzen heiratet und sich nicht ertränkt, wenn ich ihm einen Schuldschein ausstelle. Der Herr Paris hat den Schuldschein geschrieben, und ich hab' drei Kreuzel drunter gemacht. Sie werden vielleicht lachen, Herr Taubenschlag, weil's ja nur ein Theaterstück ist und nicht Wirklichkeit! Aber schauen Sie, in dem Theaterstück wird meine Ophelia auch Ophelia heißen. Wissen Sie, Herr Taubenschlag, ich bin nur ein Tepp; was, wenn aber doch dann meine Ophelia sich ertränkt? Der Herr Paris sagt ja immer: die Kunst ist mehr als Wirklichkeit – was, wenn sie ins Wasser geht! Was wird dann aus mir?! Wär's dann nicht besser für mich gewesen, ich wär' damals gleich erstickt in dem Metallsarg?!«

Die Hasen polterten laut in ihrem Sarg. Der Drechsler zuckte erschreckt zusammen und murmelte: »Verfluchte Rammler!«

Eine lange Pause trat ein; der Alte hatte den Faden seiner Erzählung vollkommen verloren. Er schien meine Anwesenheit gänzlich vergessen zu haben, und seine Augen sahen mich nicht mehr.

Nach einer Weile stand er auf, ging zur Drehbank,

legte die Transmissionsriemen um die Antriebsscheibe und setzte sie in Bewegung.
»Ophelia! Nein, meine Ophelia darf nicht sterben!« hörte ich ihn murmeln. »Ich muß arbeiten, arbeiten, sonst ändert er das Theaterstück nicht um, und –«
Das Surren der Maschine verschlang seine letzten Worte.
Ich schlich mich leise aus der Werkstatt und ging hinauf in mein Zimmer.
Im Bett faltete ich die Hände und flehte, ich weiß nicht warum, zu Gott, er möge Ophelia behüten.

3

Die Wanderung

In jener Nacht hatte ich ein seltsames Erlebnis; andere würden es einen Traum nennen, denn für all das, was die Menschen erleben, während der Leib schlummert, kennen sie nur diese eine unzulängliche Bezeichnung.
Wie immer, bevor ich einschlief, hatte ich die Hände gefaltet, um, wie der Baron es nannte, »das Linke auf das Rechte zu legen«.
Nach und nach im Laufe der Jahre wurde mir erst durch die Erfahrung klar, wozu diese Maßnahme diente. Mag sein, daß jede beliebige andere Handstellung denselben Zweck erfüllt, wenn damit die Vorstellung verknüpft ist: der Körper werde festgebunden.
So oft ich mich seit dem ersten Abend im Hause des Barons auf diese Weise schlafen gelegt, immer war ich morgens mit dem Gefühl erwacht, ich hätte im Schlummer eine weite Strecke Wegs durchwandert, und jedesmal fiel's mir wie ein Stein vom Herzen, wenn ich sah, daß ich entkleidet und nicht mit staubigen Schuhen – wie einst im Waisenhaus – im

Bette lag und keine Schläge zu befürchten brauchte; nie jedoch hatte ich mich tagsüber erinnern können, wohin ich im Traume gewandert war. In jener Nacht geschah es zum erstenmal, daß die Binde von meinen Augen fiel.

Daß mich der Drechslermeister Mutschelknaus kurz vorher in so merkwürdiger Weise wie einen Erwachsenen behandelt hatte, mag wohl die geheime Ursache gewesen sein, daß ein bis dahin im Schlummer befangenes Ich in mir – vielleicht jener »Christopher« – zum Bewußtsein erwachte und anfing zu sehen und zu hören.

Ich träumte zuerst – so begann es –, ich sei lebendig begraben und konnte weder Hand noch Fuß rühren; dann aber füllte ich mit gewaltigen Atemzügen meine Brust und sprengte dadurch den Deckel des Sarges; und ich schritt auf einer einsamen, weißen Landstraße dahin, die noch furchtbarer war als das Grab, dem ich entronnen, denn ich wußte, sie würde niemals ein Ende nehmen. Ich sehnte mich nach meinem Sarge zurück, und da stand er auch schon quer über der Straße.

Er war weich anzufühlen wie Fleisch und hatte Arme und Beine, Hände und Füße wie ein Leichnam. Als ich hineinstieg, bemerkte ich, daß ich keinen Schatten warf, und als ich prüfend an mir herunter blickte, hatte ich keinen Körper; dann fühlte ich nach meinen Augen, aber ich hatte keine Augen; als ich nach meinen tastenden Händen schauen wollte, sah ich keine Hände.

Wie sich der Sargdeckel langsam über mir schloß, war mir, als sei mein Denken und Fühlen als Wanderer auf der weißen Landstraße das eines uralten, wenn auch noch ungebeugten Mannes gewesen; dann beim Herabsinken des Sargdeckels verschwand es, wie Wasserdampf sich verflüchtigt, und ließ als Bodensatz die halb blinde, halb dumpfe Denkweise zurück, die das Hirn jenes im Leben wie ein Fremdling stehenden, halbwüchsigen Jungen, der ich war, zu erfüllen pflegte.

Als der Deckel ins Schloß fiel, erwachte ich in meinem Bette.

Das heißt, ich glaubte zu erwachen.

Es war noch dunkel, aber ich fühlte an dem betäubenden Duft des Holunders, der durch das offene Fenster in die Stube drang, daß der erste Hauch des kommenden Morgens aus der Erde stieg und es höchste Zeit für mich sei, die Laternen in der Stadt auszulöschen. Ich griff nach meinem Stab und tastete mich die Treppen hinab. Dann, als meinem Amte Genüge geschehen war, ging ich über die Palisadenbrücke und stieg auf einen Berg; jeder Stein am Wege kam mir bekannt vor, und doch konnte ich mich nicht entsinnen, jemals hier gewesen zu sein.

Alpenblumen, schneeflockiges Wollgras und würziger Speik wuchsen in den tauschweren, unter dem dämmrigen Scheine der Luft noch schwarzgrünen Höhenwiesen.

Dann klaffte der Himmel am Rande der Ferne auf, und das belebende Blut der Morgenröte floß in die Wolken.

Blauschillernde Käfer und große Wildfliegen mit gläsernen Flügeln stiegen schwirrend, wie von unhörbarem Zauberruf erweckt, plötzlich aus der Erde und blieben in Menschenhöhe regungslos in der Luft schweben, alle die Köpfe der erwachenden Sonne zugekehrt.

Ein Frösteln tiefster Erschütterung lief mir die Glieder hinab, als ich dies stumme, grandiose Gebet der Kreatur sah, fühlte und begriff.

Ich kehrte um und ging wieder der Stadt zu. Mein Schatten, riesengroß, seine Füße untrennbar an die meinen geheftet, glitt mir voraus.

Der Schatten, das Band, das uns an die Erde bindet, das schwarze Gespenst, das uns entsteigt und den in uns wohnenden Tod verrät, wenn ein Licht den Körper trifft!

Die Straßen lagen in blendender Helle, als ich in sie einbog.

Die Kinder zogen lärmend zur Schule. »Warum singen sie nicht: ›Taubenschlag, Taubenschlag, Taubenschlag! Trarara Taubenschlag!‹?« wachte ein Gedanke in mir auf. »Sehen Sie mich nicht? Bin ich

ihnen so fremd geworden, daß sie mich nicht mehr kennen? Ja, ich war ihnen von jeher fremd«, kam es mir schreckhaft neu plötzlich zum Bewußtsein. »Ich war doch nie ein Kind gewesen! Auch nicht im Findelhaus, als ich noch ganz klein war. Spiel, wie sie, habe ich nie gekannt. Wenigstens nur insofern, als hätte es ganz mechanisch mein Körper betrieben, ohne daß meine Lust mit dabei gewesen wäre; in mir wohnt ein uralter Mann, und nur mein Leib scheint jung zu sein! Der Drechslermeister hat das wahrscheinlich geahnt, deshalb sprach er gestern zu mir wie zu einem Erwachsenen!«
Ich erschrak plötzlich: »Gestern war doch Winterabend gewesen, wie kann heute Sommermorgen sein?! Schlafe ich, bin ich ein Nachtwandler?« Ich blickte nach den Laternen: sie waren blind – wer aber sonst als ich hätte sie auslöschen können?! So war ich also doch leibhaftig, als ich sie auslöschte! – Aber vielleicht bin ich jetzt tot und habe in Wirklichkeit erlebt und nicht nur geträumt, daß ich im Sarg lag?!
Ich wollte es erproben, trat an einen der Schuljungen heran und fragte ihn: »Kennst du mich?« Er gab keine Antwort und lief durch mich hindurch wie durch leere Luft.
»So bin ich also tot«, nahm ich gleichmütig zur Kenntnis. »Da muß ich schnell die Laternenstange zu Hause abgeben, ehe ich verwese«, mahnte mich

mein Pflichtgefühl, und ich stieg hinauf zu meinem Pflegevater.

Drin in seiner Stube fiel mir die Stange aus der Hand und machte viel Lärm.

Der Baron hörte es – er saß in seinem Lehnstuhl –, drehte sich um und sagte: »Na, da bist du ja endlich!«

Ich freute mich, daß er mich wahrnahm, denn ich schloß daraus, daß ich doch unmöglich gestorben sein könne.

Der Baron sah aus wie immer, hatte auch denselben Rock mit dem altmodischen maulbeerfarbenen Spitzenjabot an, den er an Feiertagen zu Hause zu tragen liebte, aber irgend etwas war an ihm, das mir unfaßbar fremd vorkam. Lag es an seinem Kropf? Nein. Der war nicht größer und nicht kleiner als sonst.

Ich ließ meine Augen durch die Stube schweifen – auch hier war alles unverändert. Kein Ding fehlte, keines war hinzugekommen. Das »Abendmahl« von Leonardo da Vinci, der einzige Zimmerschmuck, hing an der Wand wie immer. Alles an derselben Stelle. Halt! Stand denn nicht gestern noch die grüne Gipsbüste Dantes mit dem strengen, scharfen Mönchsgesicht links auf dem Bord? Hat sie jemand umgestellt? Jetzt steht sie rechts!

Der Baron bemerkte meinen Blick und lächelte.

»Du warst auf dem Berg?« fing er an und deutete

auf die Blumen in meiner Tasche, die ich unterwegs gepflückt hatte.

Ich stammelte eine Entschuldigung, aber er winkte freundlich ab: «Ich weiß, es ist schön da oben; ich gehe auch oft hin. Du warst schon viele Male dort, aber du hast es immer wieder vergessen; junges Hirn kann nichts behalten, das Blut ist noch zu heiß. Es wäscht die Erinnerung fort. – Hat dich das Wandern müde gemacht?»

»Das auf dem Berg nicht, aber das Wandern auf der – auf der weißen Landstraße«, sagte ich, unsicher, ob er auch davon wisse.

»Ja, ja, die weiße Landstraße!« murmelte er sinnend, »die kann selten einer vertragen. Nur einer, der zum Wandern geboren ist. Weil ich das an dir bemerkte – damals im Findelhaus – hab' ich dich zu mir genommen. Die meisten Menschen fürchten sich vor der Landstraße mehr als vor dem Grab. Sie legen sich lieber wieder in den Sarg, denn sie meinen, das wäre der Tod und sie hätten dort Ruhe; in Wirklichkeit ist jener Sarg das Fleisch, das Leben. Daß einer auf Erden geboren wird, ist nichts anderes, als daß er lebendig begraben wird! Besser als das ist, man lernt auf der weißen Landstraße wandern. Nur darf man nicht an das Ende der Landstraße denken, sonst hält man es nicht aus, denn sie hat kein Ende. Sie ist unendlich. Die Sonne auf dem Berg ist ewig. Ewigkeit und Unendlichkeit ist

zweierlei. Bloß für den, der in der Unendlichkeit die Ewigkeit sucht und nicht das ›Ende‹, bloß für den ist Unendlichkeit und Ewigkeit dasselbe. Das Wandern auf der weißen Landstraße muß des Wanderns halber geschehen, aus Freude am Wandern, und nicht, um eine vergängliche Rast mit einer andern zu vertauschen.
Ruhe – nicht ›Rast‹ – ist nur in der Sonne auf dem Berge. Sie steht still und alles dreht sich um sie. Schon ihr Vorbote, das Morgenrot, strahlt Ewigkeit aus, darum beten es die Käfer und Fliegen an und bleiben starr in der Luft, bis die Sonne kommt. Deshalb bist du auch nicht müde geworden, als du auf den Berg stiegst.«
»Hast du«, fragte er plötzlich und blickte mich scharf an, »hast du die Sonne gesehen?«
»Nein, Vater, ich bin umgekehrt, bevor sie aufging.«
Er nickte befriedigt. »Das ist gut. Sonst hätten wir nichts mehr miteinander zu schaffen gehabt«, setzte er leise hinzu.
»Und dein Schatten ging dir voraus, dem Tale zu?«
»Ja. Selbstverständlich –«
Er überhörte meine erstaunte Antwort.
»Wer die Sonne erblickt«, fuhr er fort, »der will nur noch die Ewigkeit. Er ist für das Wandern verloren. Das sind die Heiligen der Kirche. Wenn ein Heiliger hinübergeht, ist diese Welt und auch die andere

für ihn verloren. Aber auch, was schlimmer ist: die *Welt* hat *ihn* verloren; sie ist verwaist! – Du weißt, wie's tut, ein Findelkind zu sein, – bereite nicht auch andern das Schicksal, weder Vater noch Mutter zu haben! – Wandere! Zünde Laternen an, bis die Sonne von selber kommt.«

»Ja!« stammelte ich und dachte voll Grauen an die furchtbare weiße Landstraße.

»Weißt du, was es bedeutet, daß du dich wieder in den Sarg gelegt hast?«

»Nein, Vater.«

»Es bedeutet, daß du eine Weile noch das Schicksal derer teilen sollst, die lebendig begraben sind.«

»Meinst du den Drechslermeister Mutschelknaus?« forschte ich kindlich.

»Ich kenne keinen Drechslermeister dieses Namens; er ist noch nicht sichtbar geworden.«

»Auch nicht seine Frau und – Ophelia?« fragte ich und fühlte, daß ich rot wurde.

»Nein. Auch Ophelia nicht.«

»Seltsam!« dachte ich, »sie wohnen doch drüben, und er muß ihnen ja täglich begegnen.«

Wir schwiegen beide eine Weile, dann schrie ich plötzlich jammernd auf:

»Aber das ist entsetzlich! Lebendig begraben sein!«

»Nichts ist entsetzlich, mein Kind, was man tut um seiner Seele willen. Auch ich bin zuweilen noch lebendig begraben. Oft bin ich auf Erden mit Men-

schen zusammengetroffen, die, in Elend, Jammer und Not geraten, sich bitter über die Ungerechtigkeit des Schicksals beklagten. Viele von ihnen hatten Trost gesucht in jener aus Asien herübergewehten Lehre – der Lehre vom Karma oder der Wiedervergeltung –, die da behauptet: keinem Wesen könne ein Leid geschehen, zu dem es nicht in einem früheren Dasein den Keim gelegt; – andere suchten Trost in dem Dogma von der Unerforschlichkeit der Ratschlüsse Gottes; – Trost *gefunden* hat weder der eine noch der andere.
Solchen Menschen habe ich eine Laterne angezündet, indem ich ihnen einen Gedanken« – er lächelte beinahe grimmig, aber dabei doch freundlich wie immer – »eingab – so fein eingab, daß sie glaubten, er sei ihnen von selber eingefallen! Ich stellte ihnen nämlich die Frage: ›Würdest du das Kreuz auf dich nehmen, heute nacht zu träumen, so deutlich als sei es Wirklichkeit, daß du tausend Jahre Dasein beispielloser Armut durchlebst, wenn ich dir jetzt die Gewißheit gäbe, du fändest als Belohnung dafür am nächsten Morgen beim Erwachen einen Sack voll Gold vor deiner Tür!‹
›Ja! Natürlich!‹ – so lautete jedesmal die Antwort. Dann beklag dich nicht über dein Schicksal! – Weißt du denn, ob du diesen – wenn's hoch kommt nur siebzigjährigen – qualvollen Traum, Erdenleben genannt, nicht selbst gewählt hast in

der Hoffnung, etwas weit Herrlicheres als einen Sack schäbigen Geldes beim Erwachen zu finden? Freilich, wer einen ›Gott mit unerforschlichen Ratschlüssen‹ als Ursache setzt, der wird ihn eines Tages als hämischen Teufel ernten.
Nimm das Leben weniger wichtig und die Träume ernster, da wird es bald besser um dich stehen, – dann kann der Traum zum Führer werden, statt, wie jetzt, in die Fetzen der Tageserinnerungen gehüllt ein harlekinbunter Narr zu bleiben.
Höre, mein Kind! Es gibt keinen leeren Raum. – In diesem Satz liegt das Geheimnis verborgen, das jeder enthüllen muß, der aus einem verweslichen Tier ein unsterbliches Bewußtsein werden will. Nur darf man den Sinn der Worte nicht bloß auf die äußere Natur anwenden, sonst bleibt man haften an der groben Erde; man muß ihn gebrauchen wie einen Schlüssel, der das Geistige erschließt; man muß ihn umdeuten! – Sieh da: es will einer wandern, die Erde aber hält seine Füße fest; was wird geschehen, wenn sein Wille, zu wandern, nicht erlahmt? Sein schöpferischer Geist – die Urkraft, die ihm eingehaucht worden ist bei Anbeginn – wird andere Wege finden, auf denen er wandern kann, und das in ihm, das zum Gehen keiner Füße bedarf, wird wandern trotz Erde, trotz Hindernis. –
Der schöpferische Wille, das göttliche Erbteil im Menschen, ist eine saugende Kraft; dieses Saugen

müßte – versteh das im übertragenen Sinne! – einen leeren Raum erzeugen im Raume der Ursachen, wenn nicht der Äußerung des Willens schließlich die Erfüllung folgen würde. – Sieh da: es ist einer krank und will gesund werden; solange er zu Arzneien seine Zuflucht nimmt, solange lähmt er jene Kraft des Geistes, die schneller und besser heilt als alle Medizin. Es ist, wie wenn einer mit der linken Hand schreiben lernen will: wenn er sich immer nur der rechten bedient, wird er es mit der linken niemals lernen. Jegliches Geschehen, das in unser Leben tritt, hat seinen Zweck; Sinnloses gibt es nicht; eine Krankheit, die den Menschen befällt, gibt ihm die Aufgabe: vertreibe mich mit der Kraft des Geistes, damit die Kraft des Geistes erstarke und wieder Herr werde über die Stofflichkeit, wie sie es einst gewesen vor dem ›Sündenfall‹. Wer das nicht will und sich mit ›Arzneien‹ begnügt, der hat den Sinn des Lebens nicht erfaßt; er bleibt ein kleiner Junge, der die Schule schwänzt. – Wer aber nicht erlahmt im Befehlegeben mit dem Marschallstab des Geistes, die grobe Waffe mißachtend, die nur der Söldner führt, der wird immer wieder auferstehen; mag ihn der Tod auch noch so oft niederstrecken, zuletzt wird er dennoch König sein! – Darum soll der Mensch nie erlahmen auf dem Wege zu dem Ziel, das er sich gesetzt hat; wie der Schlaf nur eine kurze Rast bedeutet, so auch der

Tod. – Man fängt eine Arbeit nicht an, um sie aufzugeben, sondern um sie zu vollenden; – ein begonnenes Werk, und sei es scheinbar noch so belanglos, halb getan und liegen gelassen, verwest und vergiftet den Willen, so wie eine unbegrabene Leiche die Luft eines ganzen Hauses verpestet.

Wir leben nur um der Vollendung unserer Seele willen; wer dieses Ziel unverrückbar im Auge behält und es beständig denkt und fühlt, so oft er etwas beginnt oder beschließt, dem wird gar bald eine seltsame, bis dahin ungekannte Gelassenheit zuteil, und auf eine unbegreifliche Weise wird sich sein Schicksal verändern. – Für den, der schafft, als sei er unsterblich – nicht, um das Ding zu erlangen, nach dem sein Wunsch steht (das ist nur ein Ziel für geistig Blinde), sondern um des Tempelbaues seiner Seele willen, der wird den Tag schauen, und sei es erst nach Tausenden von Jahren, – wo er sagen kann: ich will und es steht da, was ich befehle, geschieht und bedarf der Zeit nicht mehr, um langsam zu reifen.

Dann erst ist der Punkt gekommen, wo der lange Weg aller Wanderung endet. Dann kannst du der Sonne ins Antlitz sehen, ohne daß dein Auge verbrennt.

Dann kannst du sagen: ich habe ein Ziel gefunden, weil ich keines gesucht.

Dann werden die Heiligen an Erkenntnis arm sein

gegen dich, denn sie werden nicht wissen, was du weißt: daß Ewigkeit und Ruhe dasselbe sein kann wie Wandern und Unendlichkeit!«

Die letzten Worte gingen weit über mein Fassungsvermögen hinaus; viel später erst, als mein Blut kalt geworden war und mein Leib mannhaft, wurden sie wieder klar und lebendig.
Damals hörte ich sie mit taubem Ohr; ich sah nur den Baron Jöcher und, wie vom Lichte eines Blitzes erhellt, erkannte ich plötzlich, was mir so fremdartig an ihm erschienen war, – etwas Seltsames: sein Kropf saß an der rechten Seite des Halses, statt links wie sonst.
Wohl klingt mir das heute fast lächerlich, – damals packte es mich wie ein namenloses Entsetzen. – Das Zimmer, der Baron, die Dantebüste auf dem Bord, ich selbst, – alles war in einem einzigen kurzen Augenblick für mich in ein Gespenst verwandelt, so schemenhaft und unwirklich, daß mir das Herz vor Todesangst erstarrte.
Damit endete mein Erlebnis in jener Nacht.
Zitternd vor Schreck erwachte ich gleich darauf in meinem Bett. Heller Tag schien durch die Gardinen. Ich lief ans Fenster, draußen: klarer Wintermorgen! Ich ging ins nächste Zimmer: drin saß der Baron in seinem gewöhnlichen Arbeitsrock an seinem Schreibtisch und las.

»Hast heute lange geschlafen, mein lieber Junge«, rief er mir lachend zu, als er mich, noch im Hemde, die Zähne klappernd vor innerer Kälte, auf der Schwelle stehend, sah. »Hab' statt deiner die Laternen in der Stadt auslöschen gehen müssen. – Nach vielen vielen Jahren wieder einmal. – Aber was ist dir denn?«

Ein schneller Blick nach seinem Halse, und der letzte Rest von Furcht wich aus meinem Blut: der Kropf saß ihm wieder links wie immer, und auch die Dantebüste stand auf derselben Stelle wie sonst. In einer Sekunde hatte das Leben der Erde die Traumwelt verschluckt; ein Nachklingen im Ohr, als falle der Sargdeckel ins Schloß, – dann war auch das vergessen.

In fliegender Hast erzählte ich meinem Pflegevater, was mit mir geschehen war. – Nur die Begegnung mit dem Drechslermeister verschwieg ich.

Bloß einmal fragte ich so mitten-durch: »Kennst du den Herrn Mutschelknaus?«

»Natürlich«, war die fröhliche Antwort, »er wohnt doch unten. – Übrigens ein ganz, ganz armer Teufel!«

»Und seine Tochter, das – das Fräulein Ophelia?«

»Auch – Ophelia kenne ich«, sagte der Baron, plötzlich ernst werdend, und sah mich lang, fast traurig an, »auch Ophelia.«

Schnell ging ich wieder auf das andere Thema über,

denn ich fühlte, wie mir die Röte in die Wangen stieg: »Warum hast du denn in meinem Traum deinen – deinen linken Hals auf der anderen Seite gehabt, Papa?«

Der Baron dachte lange nach, dann begann er, nach Worten suchend, als falle es ihm schwer, sich meinem noch unentwickelten Begriffsvermögen anzupassen:

»Weißt du, mein Junge, um das deutlich zu machen, müßte ich dir eine Woche lang einen überaus verwickelten Vortrag halten, den du doch nicht verstehen würdest. Laß dir's genügen, wenn ich dir einige Sätze mit Schlagworten an den Kopf werfe. – Ob sie in dein Hirn dringen werden? – Wahren Unterricht gibt nur das Leben und noch besser: der Traum.

Träumen lernen ist daher der Weisheit erste Stufe. Klugheit gibt das äußere Leben; Weisheit fließt aus dem Traum. Ob es nun ein wacher ›Traum‹ ist – dann sagen wir: ›ha, es ist mir etwas eingefallen‹ – oder: ›ein Licht ist mir aufgegangen‹ – oder ob es ein Schlaftraum ist: in diesem Fall werden wir durch gleichnishafte Bilder belehrt. – Auch alle wahre Kunst entspringt dem Reich des Traumes. Desgleichen die Gabe der Erfindung. Die Menschen reden mit Worten, der Traum mit lebendigen Bildern. Daß er sie aus den Geschehnissen des Tages nimmt, hat so manchen verleitet zu glauben,

Träume seien sinnlos. Sie werden es freilich, wenn man ihnen keine Beachtung schenkt! Dann verkrüppelt das Traumorgan, wie ein Glied verkrüppelt, das wir nicht pflegen, und ein wertvoller Führer verstummt, – die Brücke zu einem andern Leben, das weit wertvoller ist als das irdische, fällt in Trümmer. Der Traum ist der Steg zwischen Wachen und Schlafen; – er ist auch der Steg zwischen Leben und Tod.

Du darfst mich nicht für einen großen Weisen oder dergleichen halten, mein Junge, weil mein Doppelgänger dir heute nacht so vieles sagte, was dir wunderbar vorkommen mag. – Noch bin auch ich noch nicht so weit, daß ich behaupten dürfte, er und ich seien ein und dieselbe Person.

Wohl bin ich ein bißchen besser in jenem Traumland zu Hause als so mancher andere, – ich bin sozusagen drüben sichtbar geworden und bleibend, aber immer noch muß ich hier die Augen schließen, wenn ich sie drüben öffnen will, und umgekehrt. – Es gibt Menschen, die das nicht mehr nötig haben, wenn auch sehr, sehr wenige.

Du erinnerst dich: du konntest dich selbst nicht sehen und hattest weder Leib noch Hände, noch Augen, als du dich auf der weißen Landstraße wieder in den Sarg legtest? – Aber auch das Schulkind konnte dich nicht sehen! Es ging sogar durch dich hindurch wie durch leere Luft!

Weißt du, woher das kommt? – Du hast die Erinnerung an die Formen deines irdischen Körpers nicht mit hinüber genommen! – Wer es kann – so, wie ich es gelernt habe –, der wird drüben zuerst für sich selbst sichtbar, – er baut sich im Traumland einen zweiten Leib, der später sogar für andere wahrnehmbar ist, so seltsam dir das jetzt auch klingen mag! Man vollbringt das durch Methoden« – er deutete auf das »Abendmahl« von Leonnrdo da Vinci und schmunzelte –, »die ich dich, wenn dein Körper reif sein wird und nicht mehr festgebunden werden muß, lehren will. Wer sie kennt, der ist imstande, einen Spuk zu erzeugen. – Bei manchen Menschen geschieht dies ›Sichtbarwerden im andern Reich‹ von selbst und ohne Ordnung, doch fast immer wird nur ein *Teil* von ihnen drüben lebendig, meistens die Hand. Die führt dann oft die sinnlosesten Taten aus – denn der Kopf ist nicht mit dabei – und Leute, die die Wirkung sehen, bekreuzigen sich und schwätzen von Teufelsspuk. – Du meinst: wie kann eine Hand etwas tun, ohne daß sein Besitzer darum weiß? – – Hast du noch nie gesehen, wie der Schwanz, der einer Eidechse abbrach, sich scheinbar in wütendem Schmerze krümmt, während die Eidechse selbst teilnahmslos daneben steht? – So ähnlich ist es!

Das Reich drüben ist genauso wirklich (oder ›unwirklich‹ – setzte er halb für sich hinzu) wie das irdische. – Jedes für sich ist nur eine Hälfte, erst beide zusammen ergeben ein Ganzes. – Du kennst ja die Sage von Siegfried, – sein Schwert war in zwei Teile zerbrochen; der listige Zwerg Alberich hat es nicht zusammenschmieden können, weil er eben ein Erdenwurm war, – aber Siegfried hat es gekonnt.

Das Schwert Siegfrieds ist ein Sinnbild für jenes doppelte Leben. Wie man es zusammenschweißt, daß es ein Stück wird, ist das Geheimnis, das einer wissen muß, wenn er ein Ritter werden will. – Sogar wirklicher noch als dieses Reich hier auf Erden ist jenes drüben. Das eine ist eine Spiegelung des anderen, – besser gesagt: das irdische ist eine Spiegelung des ›Drüben‹, – nicht umgekehrt; was Drüben rechts ist« – er deutete auf seinen Kropf, – »das ist hier links.

Verstehst du jetzt?

Jener andere war also mein Doppelgänger. Was er dir sagte, habe ich soeben erst aus deinem Munde erfahren; es kam nicht aus seinem Wissen, noch viel weniger aus meinem: – es kam aus deinem!

Ja, ja, mein Junge, schau mich nicht so erstaunt an, – es kam aus deinem! Oder vielmehr« – er fuhr mir liebkosend mit der Hand durchs Haar – »aus dem des – Christopher in dir! – Was ich dir sagen kann – ein Menschentier dem andern –, das dringt aus Menschenmund in Menschenohr und wird vergessen, wenn das Hirn verwest; das einzige Gespräch, aus dem du lernen kannst, ist das – Selbstgespräch. – Und was du hieltest mit meinem Doppelgänger, war – ein Selbstgespräch. – – Was ein Mensch dir sagen kann, ist einmal zu wenig und einmal zu viel. Das einemal kommt es zu früh, das anderemal zu spät, immer zu einer Zeit wo deine Seele schläft. – So, mein Junge«, – er wandte sich wieder dem Schreibtisch zu – »jetzt zieh dich aber an, du wirst doch nicht den ganzen Tag im Hemde herumlaufen wollen.«

4

Ophelia

Die Erinnerungen meines Lebens sind mir zu Kleinodien geworden; ich hole sie hervor aus den Wassertiefen der Vergangenheit, wenn die Stunde, sie zu betrachten, schlägt und ich eine Menschenhand, sie niederzuschreiben, gefunden habe, die sich mir willfährig zeigt.

Dann, wenn sich Wort an Wort reiht und ich ihnen lausche wie der Rede eines Erzählers, ist mir's als glitten sie, zugleich ein Spiel mit funkelnden Juwelen geworden, durch meine liebkosenden Finger, und Vergangenheit wird mir wieder Gegenwart.

Schimmernd sind sie alle für mich, die blinden wie die leuchtenden, die dunklen und die hellen; ich kann sie betrachten mit lächelndem Sinn; – bin ich doch für immer »losgelöst mit Leichnam und Schwert«.

Aber ein Edelstein ist unter ihnen, über den habe ich nur zitternde Gewalt.

Nicht wie mit den andern kann ich mit ihm spielen; die süße, betörende Macht der Mutter Erde geht von ihm aus und zielt nach meinem Herzen.

Er ist wie der Edelstein Alexandrit, der dunkelgrün am Tage, plötzlich rot erglüht, wenn du in stiller Nacht in seine Tiefe starrst.

Als Tropfen Herzblut zu Kristall geronnen, trage ich ihn bei mir, stets voll Bangigkeit, er möchte wieder flüssig werden und mich versengen, erwärmte ich ihn zu lange in meiner Brust.

Darum habe ich die Erinnerung an die Spanne Zeit, die für mich Ophelia heißt und einen kurzen Frühling und einen langen Herbst bedeutet, gleichsam in eine gläserne Kugel gebannt, darinnen verschlossen der Knabe, halb Kind halb Jüngling, lebt, der ich einst gewesen bin.

Ich sehe durch die Wandung des Glases hindurch mich selbst; aber es ist ein Bild wie in einem Guckkasten – es kann mich nicht mehr verstricken mit seinem Zauber.

Und so wie dieses Bild vor mir steht, in dem Glase erwacht, sich wandelt und erlischt, will ich – ein abgeschiedener Berichterstatter – es schildern.

Alle Fenster in der Stadt stehen offen, die Simse sind rot von den blühenden Geranien; weißer, lebendiger, duftender Frühlingskerzenschmuck blüht auf den Kastanienbäumen, die die Ufer des Flusses umsäumen.

Laue, unbewegliche Luft unter dem blaßblauen, wolkenlosen Himmel. Die gelben Zitronenfalter und bunten Schmetterlinge flattern über den Wiesen, als spiele ein leiser Wind mit tausend bunten Fetzen Seidenpapiers.

In den hellen Mondnächten glühen die Augen der fauchenden und in Liebespein schreienden und miauenden Katzen auf den silberglitzernden Dächern.

Ich sitze im Treppenhaus auf dem Geländer und horche hinüber zum offenen Fenster des dritten Stockes, wo hinter Gardinen, die mir den Anblick des Zimmers verhüllen, zwei Stimmen, eine tiefe, pathetische, männliche, die ich hasse, und die leise, schüchterne eines Mädchens ein seltsames, mir unverständliches Gespräch führen:

»Soin oder nicht soin, das ist hier die Frage. O Nümpfe, schlüß in dein Gebet all meine Sünden ein.«

»Mein Prinz, wie geht es Euch seit soviel Tagen?« haucht die schüchterne Stimme.

»Göh in ein Kloster, Ophelia!«

Ich bin sehr gespannt, was weiter kommt, aber plötzlich verfällt die männliche Stimme ohne mir erkennbaren Grund, als habe sich der Sprecher in ein Uhrwerk verwandelt, dessen Feder abschnurrt, in ein halblautes, sich überstürzendes Geschnatter, aus dem ich nur einige sinnlose Sätze auffischen kann: »Warum wolltest du Kinder zur Welt bringen, ich bin selbst leidlich tugendhaft; wenn du heiratest, so gebe ich dir diesen Fluch zur Aussteuer; sei so keusch wie Eis, so rein wie Schnee oder nimm einen Narren zum Mann, und das schleunig, leb' wohl!«

Worauf die Mädchenstimme schüchtern antwortet:

»Oh, welch ein edler Geist ist hier zerstört! Himmlische Mächte, stellt ihn wieder her.«

Dann schwiegen beide, und ich höre ein dünnes Händeklatschen.

Nach einer halben Stunde Totenstille, während welcher fetter Bratengeruch aus dem Fenster dringt, fliegt gewöhnlich ein noch glimmender, zerkauter Zigarrenstummel zwischen den Gardinen hervor, prallt funkenstiebend von der Mauer unseres Hauses ab und fällt hinunter auf das Pflaster des Durchlasses.

Bis zum späten Nachmittag sitze ich und starre hinüber.

Jedesmal klopft mir das Herz vor freudigem Schreck, wenn sich die Vorhänge bewegen: Wird Ophelia ans Fenster kommen? Was, wenn sie es wirklich ist, soll ich dann aus meinem Versteck auftauchen?

Ich habe eine rote Rose gepflückt; werde ich mich getrauen, sie ihr hinüberzuwerfen? Ich müßte doch etwas dazu sagen!? Was nur?

Aber es kommt nicht dazu.

Die Rose in meiner heißen Hand fängt an welk zu

werden, und drüben ist noch immer alles wie ausgestorben. Nur der Geruch von gebranntem Kaffee hat den Bratenduft abgelöst ...
Da endlich: Frauenhände schieben die Gardinen zur Seite. Einen Augenblick dreht sich alles vor mir, dann beiße ich die Zähne zusammen und werfe entschlossen die Rose in das offene Fenster hinein. Ein leiser Aufschrei der Überraschung und – Frau Aglaja Mutschelknaus steht im Rahmen.
Ich kann nicht so schnell untertauchen; sie hat mich bereits entdeckt.
Ich werde blaß, denn jetzt ist alles verraten!
Doch das Schicksal will es anders. Frau Mutschelknaus zieht süßlich die Mundwinkel in die Höhe, legt die Rose auf ihren Busen wie auf ein Postament und schlägt verwirrt die Augen nieder; dann, als sie sie seelenvoll wieder aufschlägt und erkennt, daß nur ich es war, verzerrt sich ihr Gesicht ein wenig. Aber sie dankt mir durch ein Neigen des Hauptes und entblößt dabei freundlich einen Eckzahn.
Mir wird, als habe mich ein Totenkopf angelächelt; dennoch bin ich froh! Wenn sie erraten hätte, wem die Blume gegolten hat, wäre ja alles aus gewesen! Eine Stunde später freue ich mich sogar, daß alles so gekommen ist. Kann ich doch von jetzt an ruhig wagen, jeden Morgen Ophelia einen ganzen Strauß aufs Fenstersims zu legen; ihre Mutter wird es ja nur auf sich beziehen.

Vielleicht wird sie glauben, die Blumen kämen von meinem Pflegevater, dem Baron Jöcher!
Ja ja, das Leben macht klug.
Einen Moment lang habe ich einen häßlichen Geschmack im Mund, als habe mich der heimtückische Gedanke vergiftet, doch gleich darauf ist es wieder weg, und ich lege mir zurecht, ob es nicht am gescheitesten wäre, ich ginge sofort auf den Friedhof, neue Rosen stehlen. Später kommen Leute hin, um auf den Gräbern zu beten, und abends sind die Gitter geschlossen.

Unten auf der Bäckerzeile begegne ich dem Schauspieler Paris, wie er mit knarrenden Stiefeln aus dem Durchlaß kommt.
Er weiß, wer ich bin, das sehe ich ihm an.
Er ist ein dicker, alter, glattrasierter Herr mit Hängebacken und einer Schnapsnase, die ihm bei jedem Schritt zittert.
Er hat ein Barett auf, eine Nadel mit silbernem Lorbeerkranz in der Halsbinde und auf dem Schmerbauch eine Uhrkette, aus blonden Frauenhaaren geflochten. Sein Rock und seine Weste sind aus braunem Sammet; seine flaschengrünen Hosen schließen ganz eng um die dünnen Beine und sind so lang, daß sie unten lauter Falten haben wie eine Ziehharmonika.
Ob er errät, daß ich auf den Friedhof gehe? Und

warum ich dort Rosen stehlen will? Und für wen? Ach was, das weiß doch nur ich allein! Ich blicke ihm trotzig ins Gesicht, grüße ihn absichtlich nicht, aber mir stockt der Herzschlag, als ich bemerke, daß er mich unter halbgeschlossenen Lidern fest, beinahe lauernd anschaut, stehen bleibt, nachdenklich an seiner Zigarre saugt und dann die Augen schließt, wie jemand, dem ein sonderbarer Einfall gekommen ist.
Ich gehe so schnell wie möglich an ihm vorbei, da höre ich ihn laut und unnatürlich hinter mir räuspern, als wolle er beginnen, eine Rolle zu deklamieren: »Hem–m–, –mhm, hemm.«
Mich packt ein eiskalter Schreck, und ich fange an zu laufen – ich kann nicht anders, ich muß! Trotzdem mir eine Ahnung sagt: Tu's nicht! Du verrätst dich selber!

Ich habe in der Morgendämmerung die Laternen ausgelöscht und mich wieder auf das Geländer gesetzt, obwohl ich weiß, es werden Stunden vergehen, bis Ophelia kommt und drüben das Fenster öffnet. Aber ich fürchte mich, ich könnte verschlafen, wenn ich mich statt zu warten nochmals ins Bett legte.
Ich habe ihr drei weiße Rosen aufs Sims gelegt und war so aufgeregt gewesen, daß ich dabei fast den Durchlaß hinabgestürzt wäre.

Jetzt spiele ich mit dem Gedanken, ich läge unten mit zerschmetterten Gliedern, man trüge mich ins Zimmer, Ophelia erführe es, erriete den Zusammenhang, käme an mein Krankenlager und küßte mich voll Rührung und Liebe.

So rede ich mich in einen kindisch sentimentalen Traum hinein; dann wieder schäme ich mich und werde innerlich rot, daß ich so albern bin; aber die Vorstellung, Ophelias wegen Schmerzen zu leiden, ist mir so süß.

Gewaltsam reiße ich mich los von dem Bild: Ophelia ist neunzehn Jahre und eine junge Dame, und ich bin nur siebzehn; obwohl ich ein wenig größer bin als sie. Sie würde mich nur küssen, wie man ein Kind küßt, das sich verletzt hat. Und ich will doch ein erwachsener Mann sein, und für einen solchen ziemt es sich nicht, hilflos im Bett zu liegen und sich von ihr pflegen zu lassen. Es ist knabenhaft und weibisch!

So träume ich mir ein anderes Phantasiegebilde zurecht: es ist Nacht, die Stadt schläft, da fällt Feuerschein in mein Fenster, ein Schrei läuft plötzlich durch die Straßen: das Nachbarhaus steht in Flammen! Keine Rettung ist mehr möglich, denn herabfallende glimmende Balken versperren die Bäckerzeile.

'Drüben im Zimmer brennen die Gardinen lichterloh; aber ich springe hinüber aus dem Fenster unseres Treppenhauses und rette meine bewußtlose Geliebte, die halberstickt, wie tot, auf dem Boden liegt im Nachtgewand, aus Glut und Rauch.

Das Herz klopft mir bis zum Zerspringen vor Freude und Begeisterung; ich fühle ihre bloßen Arme um meinen Hals gelegt, wie ich sie, die Ohnmächtige, in meinen Armen trage, und die Kühle ihrer regungslosen Lippen, wie ich sie mit Küssen bedecke. So lebhaft stelle ich mir alles vor.

Immer wieder und wieder von neuem wandert das Bild durch mein Blut, als habe in all seinen betörend süßen Einzelheiten es sein Kreislauf mitgerissen, so daß ich nie mehr davon werde loskommen können. Ich freue mich, denn ich weiß, der Eindruck ist so tief, daß ich heute nacht wirklich und lebendig davon träumen werde. Aber wie weit ist noch bis dahin!

Ich beuge mich aus dem Fenster und spähe nach dem Himmel: es will nicht Morgen werden. Ein ganzer langer Tag trennt mich noch von der Nacht. Fast fürchte ich mich davor, daß der Morgen früher kommen muß als die Nacht, denn er kann mir ja alles zerstören, worauf ich hoffe! Die Rosen können herunterfallen, wenn Ophelia das Fenster öffnet, und sie sieht sie dann gar nicht. Oder sie sieht sie und – nimmt sie, was dann? Werde ich auch den Mut haben, mich nicht sofort zu verstecken? Mir wird eisig kalt, denn ich weiß, ich werde bestimmt

den Mut nicht haben. Aber ich tröste mich damit, daß sie erraten könnte, von wem die Rosen sind. Sie muß es erraten! Es ist doch unmöglich, daß die heißen, sehnsuchtsvollen Gedanken der Liebe, die von meinem Herzen ausgehen, an dem ihrigen abprallen sollten, wenn sie auch stumm und schüchtern sind!
Ich schließe die Augen und stelle mir vor, so lebhaft ich es vermag, daß ich drüben an ihrem Bette stehe, mich über die Schlummernde beuge und sie küsse mit dem glühenden Wunsche, sie möge von mir träumen.
So deutlich habe ich mir alles ausgemalt, daß ich eine Weile lang gar nicht mehr weiß: bin ich eingeschlafen gewesen, oder was war mit mir? Ich hatte die drei weißen Rosen drüben auf dem Sims geistesabwesend angestarrt, bis sie in dem Dämmerlicht des Morgengrauens zerflossen waren. Jetzt sind sie wieder da, aber mich quält der Gedanke, daß ich sie auf dem Friedhofe gestohlen habe.
Warum habe ich denn nicht rote gestohlen? Die gehören dem Leben! Ich kann mir nicht vorstellen, daß ein Toter, wenn er aufwacht und es fehlten rote Rosen auf seinem Grabe, sie zurückfordern würde.

Endlich ist die Sonne aufgegangen. Der Raum zwischen den beiden Häusern ist erfüllt vom Licht

ihrer Strahlen; mir ist, als schwebten wir hoch über den Wolken der Erde, denn unten der Durchlaß ist unsichtbar geworden; er ist verschlungen von den Nebelschleiern, die der Morgenwind vom Fluß her durch die Gassen weht.
Eine helle Gestalt bewegt sich drüben im Zimmer – ich halte den Atem an in Bangigkeit – klammere mich fest mit beiden Händen am Treppengeländer, um nicht davonzulaufen.
Ophelia!
Ich traue mich lange nicht hinzusehen. Das scheußliche Gefühl, eine unsagbare Albernheit begangen zu haben, würgt mich. Der Glanz des Traumlandes ist wie weggewischt. Ich fühle: er wird nie mehr wiederkehren, und ich werde mich auf der Stelle in die Tiefe stürzen müssen oder sonst etwas Furchtbares begehen, um die schauderhafte Lächerlichkeit, die jetzt losbrechen muß, falls es so kommt, wie ich fürchte, noch im Keim zu ersticken.
Ich mache einen letzten dummen Versuch, mich vor mir selber zu retten, indem ich krampfhaft an meinem Ärmel reibe, als sei ein Fleck dort.
Dann begegnen sich unsere Augen.
Ophelias Gesicht ist wie mit Blut übergossen; ich sehe, wie ihre feinen, weißen Hände, die die Rosen halten, zittern.
Wir wollen beide etwas sagen und können nicht; jedes sieht, daß das andere sich nicht traut.

Einen Augenblick später ist Ophelia wieder verschwunden.

Ich bin ganz klein in mich zusammengekauert, wie ich so auf der Treppenstufe sitze, und weiß nur: statt meines Ichs wohnt jetzt eine bis zum Himmel lodernde Freude in mir. Eine Freude, die ein jubelndes Gebet des Nicht-mehr-sich-fassen-Wollens ist.

Kann es denn wirklich sein?

Ophelia ist doch eine junge erwachsene Dame! Und ich?

Aber nein! Sie ist so jung wie ich; ich sehe ihre Augen wieder im Geiste – deutlicher noch als vorher in der Wirklichkeit des Sonnenlichtes. Und ich lese darin: sie ist ein Kind wie ich. So wie sie kann nur ein Kind blicken! Kinder sind wir beide noch; sie fühlt es nicht, daß ich nur ein dummer Junge bin!

Ich weiß, so wahr in mir ein Herz schlägt, das sich ihretwegen in tausend Stücke zerreißen ließe, daß wir uns heute noch begegnen werden, ohne uns suchen zu müssen; ich weiß auch, daß es nach Sonnenuntergang in dem kleinen Gärtchen am Fluß vor unserem Hause sein wird, ohne daß eines dem andern es zu sagen brauchte!

5

Das Gespräch um Mitternacht

So wie die weltvergessene kleine Stadt, umgürtet vom wandelnden Flusse, einer ruhevollen Insel gleich in meinem Herzen lebt, so ragt als Eiland, umströmt von den Fluten der Unrast aus jenen Jugendtagen, die mir Ophelia heißen, das Andenken eines Gespräches, das ich eines Nachts belauschte. Ich hatte, wie damals wohl stündlich, von meiner Geliebten geträumt, da hörte ich, daß der Baron in seinem Studierzimmer einem Besucher die Türe öffnete; und an der Stimme erkannte ich den Kaplan.

Er kam zuweilen, auch in später Stunde noch, denn sie waren alte Freunde, und sie unterhielten sich dann bei einem Glase Wein zumeist bis tief nach Mitternacht über allerlei philosophische Fragen, berieten auch wohl, wie meine Erziehung zu gestalten sei, kurz, sie sprachen über Dinge, die mir wenig am Herzen lagen.

Der Baron duldete nicht, daß ich die Schule besuchte.

»Unsere Schulen sind die Hexenküchen, in denen

der Verstand so lange verbildet wird, bis das Herz verdurstet ist. Wenn das glücklich gelungen ist, bekommt man das Zeugnis der Reife«, pflegte er zu sagen.

Daher gab er mir immer nur Bücher zu lesen, die er aus seiner Bibliothek sorgsam auswählte, nach dem er zuvor in mir geforscht hatte, wie meine Wißbegier jeweils beschaffen war, aber er prüfte mich niemals, ob ich sie auch wirklich gelesen hatte.

»Was dein Geist will, daß in deinem Gedächtnis haften bleibe«, war sein Lieblingsspruch, »das wirst du dir merken, denn er gibt dir zugleich die Freude daran. Der Schulmeister aber ist wie der Tierbändiger; der eine meint, es sei wichtig, daß Löwen durch Reifen springen, der andere schärft den Kindern ein, daß der gottselige Hannibal sein linkes Auge in den pontinischen Sümpfen verlor; der eine macht aus einem Wüstenkönig einen Zirkusclown, der andere aus einer Gottesblume ein Sträußchen Petersilie.«

Ein ähnliches Gespräch mochten die beiden Herren auch jetzt wieder geführt haben, denn ich hörte den Kaplan sagen:

»Ich würde mich fürchten, ein Kind so dahintreiben zu lassen wie ein Schiff ohne Steuer; ich glaube, es *müßte* stranden.«

»Als ob nicht die meisten Menschen strandeten!« rief der Baron erregt dazwischen. »Ist vielleicht jemand nicht gestrandet, vom höheren Standpunkte des Lebens aus gesehen, wenn er nach einer hinter Schulfenstern vertrauerten Jugend – sagen wir mal: Rechtsgelehrter geworden ist, sich verheiratet, um seinen Essig auf Kinder zu vererben, dann krank wird und stirbt? Glauben Sie, daß sich seine Seele zu solchem Zweck den komplizierten Apparat, Menschenleib genannt, geschaffen hat?!«

»Wohin kämen wir, wenn alle so dächten wie Sie!« wendete der Kaplan ein.

»Zum segensreichsten und schönsten Zustand des Menschengeschlechtes, der sich denken läßt! Jeder würde anders wachsen, keiner wäre dem andern gleich, jeder wäre ein Kristall, dächte und fühlte in anderen Farben und Bildern, liebte anders und haßte anders, wie der Geist in ihm will, daß er tue. Den Satz von der Gleichheit der Menschen muß der Feind aller Buntheit, der Satan, erfunden haben.«

»So glauben Sie also doch an den Teufel, Baron. Sie leugnen es sonst immer!«

»Ich glaube an den Teufel so, wie ich an die ertötende Kraft des Nordwinds glaube! – Wer aber kann mir die Stelle im Weltall zeigen, wo die Kälte entspringt? – Dort müßte der Teufel thronen. – Das Kalte läuft nur dem Warmen nach, denn es will selber warm werden. Der Teufel will zu Gott kommen, der eisige Tod zum Feuer des Lebens; das ist der Ursprung aller Wanderung. – – Es soll einen absoluten Nullpunkt der Kälte geben? – Gefunden hat ihn noch keiner. Es wird ihn auch nie einer finden; so wenig wie jemand den absoluten magnetischen Nordpol finden kann; wenn er einen Stabmagneten verlängert oder zerbricht, immer wird der Nordpol dem Südpol entgegengesetzt sein, einmal wird die Stelle, die beide in der Erscheinung trennt, kürzer sein und das anderemal länger, berühren werden sich die Pole nie, oder der Stab müßte ein Ring werden und der Magnet aufhören, ein Stabmagnet zu sein. – Ob man die Quelle des einen Poles in der Endlichkeit sucht oder die des andern, – man begibt sich immer auf eine Wanderung in die Unendlichkeit. Sehen Sie dort an der Wand das Bild: Das ›Abendmahl‹ von Leonardo da Vinci! Dort ist auf Menschen übertragen, was ich vorhin in bezug auf Magnete sowohl, wie auf die Erziehung durch die Seele, sagen wollte. Bei jedem Jünger des ›Abendmahls‹ ist die Mission, die seine Seele hat, in symbolischer Hand- und Fingerstellung angedeutet; bei allen ist die rechte Hand in Tätigkeit, ob sie sich nun auf den Tisch stützt, dessen Kante in sechzehn Teile geteilt ist, was die sechzehn Buchstaben des alten römischen Alphabets bedeuten könnte, oder ob sie verbunden ist mit der linken Hand. Bei Judas Ischarioth allein agiert die Linke und die Rechte ist geschlossen! – Johannes der Evangelist, von dem Jesus sagte, er werde bleiben, weshalb unter den Jüngern die Rede ging, er werde nicht sterben, – hat beide Hände gefaltet, das heißt: er ist ein Magnet, der keiner mehr ist; er ist ein Ring in der Ewigkeit; er ist kein Wanderer mehr.

Mit solchen Fingerstellungen hat es eine eigene Bewandtnis! Sie bergen die tiefsten Mysterien der Religionen.

Im Orient finden Sie sie auf allen Götterstatuen, aber auch auf den Gemälden fast sämtlicher unserer großen mittelalterlichen Meister sehen Sie sie wiederkehren.

In unserer Familie, dem Stamme der Freiherren von Jöcher, hat sich die Legende vererbt, unser Ahnherr, der Laternenträger Christopher Jöcher, sei aus dem Osten eingewandert und habe von dort das Geheimnis mitgebracht, durch eine Art Fingergestikulation die Schemen der Toten herbeizurufen und sie sich zu allerlei Zwecken willfährig zu machen.

Eine Urkunde, die ich besitze, besagt, er sei Mitglied eines uralten Ordens gewesen, der sich einmal nennt: ›Schi-Kiai‹, das ist auf deutsch: ›Die Lösung der Leichname‹, und dann an anderer Stelle wieder: ›Kieu-Kiai‹, das ist: ›Die Lösung der Schwerter‹.

Von Dingen wird da berichtet, die Ihrem Ohr sehr sonderbar klingen mögen; mit Hilfe der Kunst, die

Hände und Finger geistiglebendig zu machen, sei der oder jener des Ordens samt seinem Leichnam aus dem Grabe verschwunden, und wieder andere hätten sich in der Erde in Schwerter verwandelt. Fällt Ihnen da nicht eine merkwürdige Übereinstimmung auf, Hochwürden, mit der Auferstehung Christi? – Insbesondere, wenn Sie die rätselhaften Handgesten auf den Bildwerken des Mittelalters und des asiatischen Altertums damit in Verbindung bringen?«

Ich hörte, wie der Kaplan unruhig wurde, mit schnellen Schritten im Zimmer auf und ab ging, dann stehen blieb und mit gepreßter Stimme ausrief:

»Was Sie mir da sagen, Herr Baron, klingt mir zu sehr nach Freimaurertum, als daß ich, der ich doch katholischer Priester bin, es ohne Widerspruch hinnehmen könnte. Was Sie den ertötenden Nordwind nennen, das ist für mich Freimaurerei und alles, was damit zusammenhängt. Ich weiß sehr wohl, und wir haben ja oft genug über dieses Thema gesprochen, daß alle großen Maler und Künstler ein gemeinsames Band umschloß, das sie die Zunft nannten, und daß sie ihre Zusammengehörigkeit einander über Länder hinweg kundgaben, indem sie geheime Zeichen – zumeist durch Fingerstellungen und Handgesten – auf den Figuren ihrer Bilder oder durch den Winkblick von

Wolkengesichtern, bisweilen auch durch Farbenwahl – anbrachten. Die Kirche hat ihnen oft genug, ehe sie ihnen Aufträge für Heiligenbilder erteilte, das feierliche Versprechen abgenommen, derlei zu unterlassen, aber immer wieder wußten sie es zu umgehen. Man verargt es der Kirche, daß sie sagt, wenn auch nicht vor jedermanns Ohren: die Kunst sei vom Teufel. Ist das für einen strenggläubigen Katholiken so unverständlich? Wo man doch weiß, daß die Künstler ein offenbar gegen die Kirche gerichtetes Geheimnis besaßen und behüteten?
Ich kenne einen Brief eines damaligen großen Malers, worin dieser einem spanischen Freunde gegenüber offen die Existenz des geheimen Bundes eingesteht.«

»Auch ich kenne jenen Brief«, fiel der Baron lebhaft ein. »Der Maler schreibt darin so ungefähr – ich habe den Wortlaut nicht mehr gegenwärtig –: ›Geh du zu dem und dem, einem Manne namens X, und bitte ihn fußfällig, er möge mir nur einen einzigen Wink geben, damit ich endlich Einblick bekomme, wie das Geheimnis weiter zu handhaben ist. Ich will nicht bis ans Lebensende nur ein Maler sein!‹ Was geht daraus hervor, lieber Kaplan? Doch wohl, daß jener berühmte Künstler, so hoch er auch äußerlich eingeweiht gewesen sein mag, in Wirklichkeit nur ein Blinder war. Daß er Freimaurer war, und das heißt für mich so viel wie: er war ein Handlanger im Ziegeleischupfen, der nur außen am Bau herumklettert, und zur Zunft gehörte, ist nicht zu bezweifeln. Auch haben Sie ganz recht, wenn Sie sagen, alle Architekten, Maler, Bildhauer, Goldschmiede und Ziseleure damaliger Zeit sind Freimaurer gewesen. Aber, und darauf kommt es hier an: sie kannten nur die äußeren Riten und begriffen sie bloß im ethischen Sinne; sie waren nur Werkzeuge jener unsichtbaren Macht, die Sie als Katholik irrtümlicherweise für den Meister der ›Linken Hand‹ halten; Werkzeuge waren sie, nichts sonst, zu dem einzigen Zweck, gewisse Geheimnisse in symbolischer Form der Nachwelt aufzubewahren, bis die Zeit reif sein wird. Doch sie blieben stecken auf dem Wege und kamen nicht vorwärts, weil sie immer hofften, ein Menschenmund könne ihnen den Schlüssel geben, der das Tor aufsperrt; sie ahnten nicht, daß er in der Betätigung der Kunst selber vergraben liegt; sie begriffen nicht, daß Kunst einen tiefern Sinn birgt, als bloß Bilder zu malen oder Dichtwerke zu schaffen, nämlich den: eine Art überfeinen Tast- und Wahrnehmungsgefühls im Künstler selbst zu erwecken, dessen erste Kundgebung ›richtiges Kunstempfinden‹ heißt. Auch ein heute lebender Künstler, sofern sich ihm durch seinen Beruf die inneren Sinne erschließen für die Einflüsse dieser Macht, wird in seinen Werken jene Symbole wieder auferstehen lassen können; er braucht sie durchaus nicht aus dem Munde eines Lebenden erfahren zu haben, braucht keineswegs in diese oder jene Loge aufgenommen zu sein! Im Gegenteil: tausendmal klarer als Menschenzunge spricht der ›unsichtbare Mund‹. Was ist wahre Kunst denn anderes als das Schöpfen aus dem ewigen Reiche der Fülle?!

Wohl gibt es Menschen, die mit vollem Recht den Namen ›Künstler‹ führen dürfen und doch nur besessen sind von einer finsteren Kraft, die Sie von Ihrem Standpunkt aus ruhig als ›der Teufel‹ bezeichnen dürfen. Was sie schaffen, gleicht aufs Haar dem Höllenreich des Satans, wie es sich der Christ vorstellt; ihre Werke tragen den Hauch des eisigen, erstarrenden Nordens, wohin doch schon das Altertum den Sitz der menschenhassenden Dämonen verlegte; die Ausdrucksmittel ihrer Kunst sind: Pest, Tod, Irrsinn, Mord, Blut, Verzweiflung und Verworfenheit. – –

Wie sollen wir uns nun solche Künstlernaturen erklären? Ich will es Ihnen sagen: ein Künstler ist ein Mensch, in dessen Hirn das Geistige, das Magische das Übergewicht über das Materielle erlangt hat. Das kann auf zweierlei Weise geschehen: bei den einen – nennen wir sie die ›teuflischen‹ – ist das Gehirn durch Ausschweifung, durch Lustseuche, durch ererbte oder angewöhnte Laster im Begriffe zu entarten; dann wiegt es sozusagen leichter auf

der Waagschale des Gleichgewichtes, und das
›Schwerer- oder Offenbarwerden in der Erscheinungswelt‹ und das Herabsinken des Magischen tritt von selber ein: die Waagschale des Geistigen senkt sich herab, nur weil die andere leichter und nicht, weil sie selbst schwerer wird. In diesem Falle haftet dem Kunstwerk der Geruch der Fäulnis an. Es ist, als trüge der Geist ein Kleid, leuchtend im Phosphorschein der Verwesung.

Bei den anderen Künstlern – ich will sie die ›Gesalbten‹ nennen – hat sich der Geist, wie der Ritter Georg, die Macht über das Tier erkämpft: bei ihnen senkt sich die Waage des Geistes in die Erscheinungswelt hernieder kraft eines eigenen Gewichtes. Dann trägt der Geist das goldene Gewand der Sonne.

In beiden aber ist das Gleichgewicht der Waage verschoben zugunsten des Magischen; beim Durchschnittsmenschen hat nur das Tier Gewicht; die ›Teuflischen‹ wie die ›Gesalbten‹ werden bewegt vom Winde des unsichtbaren Reiches der Fülle, der eine vom Nordwind, der andere vom Hauch des Morgenrots. Der Durchschnittsmensch hingegen bleibt ein starrer Klotz.

Wer ist nun jene Macht, die sich der großen Künstler bedient wie eines Werkzeugs, das den Zweck hat, die symbolischen Riten der Magie der Nachwelt aufzubewahren?

Ich sage Ihnen: es ist dieselbe, die einst die Kirche schuf. Sie baut zwei lebendige Säulen zu gleicher Zeit, die eine weiß, die andere schwarz. Zwei lebendige Säulen, die einander so lange hassen werden, bis sie erkennen, daß sie nur die Pfeiler für einen künftigen Triumphbogen sind.

Erinnern Sie sich der Stelle im Evangelium, wo Johannes sagt: ›So aber die vielen anderen Dinge sollten geschrieben werden, achte ich, die Welt würde die Bücher nicht begreifen, die zu beschreiben wären.‹

Wie erklären Sie, Hochwürden, daß nach Ihrem Glauben dem Willen Gottes gemäß wohl die Bibel auf unsere Zeiten kam, die Überlieferung jener ›andern Dinge‹ hingegen nicht?

Ist sie ›verloren‹ gegangen? So wie ein Knabe sein Taschenmesser ›verliert‹?

Ich sage Ihnen, jene ›andern Dinge‹ leben heute noch, haben immer gelebt und werden immer lebendig bleiben und stürben auch alle Münder, die sie sagen, und alle Ohren, in die sie gesprochen werden könnten. Der Geist wird sie immer wieder flüsternd beleben und sich neue Künstlerhirne schaffen, die schwingen, wenn er es will, und sich neue Hände bauen, die schreiben, so wie er es befiehlt.

Das sind jene Dinge, um die Johannes wußte und weiß – die Geheimnisse, die bei ›Christus‹ waren

und die er einbegriff, als er Jesum, sein Werkzeug, sagen ließ: ›Ehe denn Adam war, war Ich‹.
Ich sage Ihnen – mögen Sie sich nun bekreuzigen oder nicht: die Kirche hat mit Petrus begonnen, vollendet wird sie erst durch Johannes! Was das heißt? Lesen Sie einmal das Evangelium, als sei es eine Prophezeiung, was aus der Kirche werden wird! Vielleicht geht Ihnen dann ein Licht auf, was es – in diesem Sinne gesehen – bedeutet, daß Petrus Christum dreimal verleugnet hat und sich ärgerte, als Jesus von Johannes sagte: ›Ich will, daß er bleibe.‹ Zu Ihrem Troste will ich hinzufügen: Wohl wird, das glaube ich und sehe es kommen, die Kirche sterben, aber sie wird neu auferstehen und so, wie sie sein sollte. Noch ist keiner und nichts auferstanden, das nicht vorher gestorben wäre: nicht einmal Jesus Christus.
Ich kenne Sie zu gut als ehrlichen Menschen, der es mit seiner Pflicht genau nimmt, als daß ich nicht wüßte, Sie hätten sich oft und oft gefragt: Wie durfte es nur geschehen, daß unter den Geistlichen, sogar unter den Päpsten, Verbrecher sein konnten, Unwürdige ihrer Weihe, Unwürdige, den Namen Mensch zu tragen? Ich weiß auch, Sie hätten gesagt, würde Sie jemand um eine Erklärung solcher Tatsachen gebeten haten: ›Sündlos und unbefleckbar ist nur das Amt und nicht der, der das Amt bekleidet.‹ Glauben Sie ja nicht, lieber Freund, daß ich etwa zu

denen gehöre, die über eine solche Erklärung höhnen oder siebengescheit eine verächtliche aalglatte Heuchelei dahinter wittern; dazu erfasse ich den Sinn der Priesterweihe zu tief.

Ich weiß genau, vielleicht besser als Sie, wie groß die Zahl katholischer Geistlicher ist, die heimlich im Herzen den bangen Zweifel tragen: ›Ist es wirklich die christliche Religion, die berufen sein soll, die Menschheit zu erlösen? Deuten nicht alle Zeichen der Zeit darauf hin, daß die Kirche morsch wird? Wird es wirklich kommen, das tausendjährige Reich? Wohl wächst wie ein riesiger Baum das Christentum, wo aber bleiben die Früchte? Immer größer von Tag zu Tag wird die Schar derer, die den Namen Christen tragen, aber immer weniger und weniger sind dessen würdig!‹

Woher kommt dieser Zweifel, frage ich Sie. Aus Glaubensschwäche? Nein! Er wächst folgerichtig aus dem unbewußten Erkenntnisgefühl, daß zu wenige unter den Priestern sind, die feurig genug wären, um den Weg der Heiligung zu suchen, wie es die Yogis und Sadhus Indiens tun. Es sind ihrer zu wenige, die das Himmelreich mit Gewalt nehmen. Glauben Sie mir: es gibt mehr Pfade zur Auferstehung, als die Kirche sich träumen läßt! Das laue Hoffen auf die ›Gnade‹ tut's freilich nicht. Wieviele in Ihrem Stande sind es denn, die von sich sagen können: ›Wie der Hirsch nach frischem Wasser schreit, schreit meine Seele, Gott, nach dir!‹? Sie alle hoffen heimlich auf die Erfüllung der apokryphen Prophezeiung, die da sagt: zweiundfünfzig Päpste werden erscheinen, jeder trägt einen verborgenen lateinischen Namen, der seine Tätigkeit auf Erden umschreibt; der letzte wird ›flos florum‹ heißen, das ist ›Blüte der Blüten‹, und unter seinem Zepter bricht das tausendjährige Reich an.

Ich prophezeie Ihnen – und ich bin doch eher ein Heide als ein Katholik –, daß er Johannes heißen und die Spiegelung Johannis, des Evangelisten, sein wird; von Johannes dem Täufer, dem Schutzpatron der Freimaurer, die die Geheimnisse der Taufe mit Wasser behüten, ohne sie selber zu kennen, werden die Kräfte über die untere Welt ihm übertragen sein.

So wird aus zwei Säulen eine Triumphpforte werden!

Aber schreiben Sie heute in ein Buch: ›An die Spitze der Menschheit als Führer gehört weder ein Soldat noch ein Diplomat, weder ein Professor noch ein – Haubenstock, sondern einzig und allein ein Priester‹ – und ein Wutschrei wird durch die Welt gehen, wenn das Buch erscheint. Schreiben Sie hinein: ›Die Kirche ist nur ein Stückwerk, ist nur die eine Hälfte eines in zwei Teile zerbrochenen Schwertes, solange nicht ihr Stellvertreter zugleich auch der vicarius Salomonis, der Ordens-

oberste, ist‹, und man wird das Buch auf dem Scheiterhaufen verbrennen.
Freilich, die Wahrheit würden sie weder verbrennen noch in den Boden stampfen können! Sie wird immer wieder offenbar; so, wie die Schrift über dem Altar der Marienkirche unserer Stadt, von der das bunte Brett immer wieder abfällt.
Ich sehe Ihnen an, auch Ihnen geht es gegen den Strich, daß es ein heiliges Geheimnis geben sollte, das den Widersachern der Kirche zu eigen wäre und von dem die katholische Kirche nichts wüßte. Dennoch ist es so, nur mit der wesentlichen Einschränkung, daß jene, die es hüten, mit ihm nichts anzufangen wissen, ihre Gemeinschaft ist eben die andere Hälfte des ›zerbrochenen Schwertes‹ und kann den Sinn nicht erfassen. Es wäre auch wirklich mehr als grotesk, anzunehmen, daß die wackeren Begründer der Gothaschen Lebensversicherung ein magisches Arkanum zur Überwindung des Todes besäßen.«

Eine lange Pause entstand; die beiden alten Herren schienen ihren Gedanken nachzuhängen.
Dann hörte ich die Gläser klingen, und nach einer Weile fragte der Kaplan:
»Woher Sie nur all dieses seltsame Wissen haben mögen?«
Der Baron schwieg.

»Oder reden Sie nicht gern davon?«
»Hm. Je nach dem«, wich der Baron aus. »Manches hängt mit meinem Leben zusammen, manches ist mir zugeflogen, manches habe ich – hm – ererbt.«
»Daß man ein Wissen ererben kann, ist mir neu. Allerdings, von Ihrem seligen Herrn Vater erzählt man sich heute noch die merkwürdigsten Geschichten.«
»Was zum Beispiel?« rief der Baron erheitert. »Das interessiert mich lebhaft.«
»Nun, man sagt, er sei – er sei –«
»Ein Narr gewesen!« ergänzte der Baron fröhlich.
»Nicht gerade ein Narr. Oh, durchaus nicht! Aber ein Sonderling höchsten Grades. Er soll, so sagt man – aber Sie dürfen nicht etwa denken, ich glaubte so was! – er soll eine Maschine zur Erweckung des Wunderglaubens bei – na ja – des Wunderglaubens – bei Jagdhunden erfunden haben!«
»Ha ha ha!« lachte der Baron los. So laut und herzlich und anhaltend, daß ich in meinem Bette angesteckt wurde und in das Taschentuch beißen mußte, um nicht zu verraten, daß ich zuhörte.
»Ich habe mir ja gleich gedacht, daß es Unsinn ist!« entschuldigte sich der Kaplan.
»Oh«, der Baron schnappte noch immer nach Luft, »oh, durchaus nicht! Die Sache stimmt schon. Ha ha! Warten Sie einen Augenblick! Ich muß mich erst auslachen. Also, mein Vater war wirklich ein

Original, wie es wohl keines mehr geben wird. Er besaß ein ungeheures Wissen, und was ein Kopf ausdenken kann, das hat er ausgedacht. Eines Tages blickte er mich lange an, klappte ein dickes Buch zu, in dem er gerade gelesen hatte, warf es auf den Boden (seitdem hat er nie mehr ein Buch in die Hand genommen) und sagte zu mir:
›Bartholomäus, mein Junge, ich habe nunmehr erkannt, daß alles Blödsinn ist. Das Gehirn ist die überflüssigste Drüse, die der Mensch besitzt! Man sollte sie sich herausschneiden lassen wie die Mandeln. Ich gedenke heute ein neues Leben zu beginnen.‹
Schon am nächsten Morgen übersiedelte er in ein kleines Schloß auf dem Lande, das wir damals besaßen, und verbrachte dort den Rest seiner Tage; erst kurz vor seinem Tode kehrte er heim, um friedlich zu sterben, hier, im Stockwerk unter uns.
So oft ich ihn im Schloß besuchte, immer zeigte er mir etwas Neues. Einmal war es ein ungeheures, wundervolles Spinnennetz an der Innenseite einer Fensterscheibe, das er behütete wie seinen Augapfel.
›Siehst du, mein Sohn‹, erklärte er mir, ›hier hinter dem Netz zünde ich abends ein grelles Licht an, um die Insekten draußen anzulocken. Sie kommen in Scharen angesaust, können sich aber nicht ins Netz verfangen, denn die Fensterscheibe ist dazwischen.

Die Spinne, die natürlich keine Ahnung hat, was Glas ist – denn wo käme so etwas im Freien vor! –, kann sich das nicht erklären und greift sich wahrscheinlich an den Kopf. Tatsache ist, daß sie Tag für Tag ein immer größeres und feineres Netz webt. Ohne daß dies natürlich den Mangel auch nur im geringsten behöbe! Auf diese Weise will ich dem Biest das schamlose Vertrauen auf die Allgewalt des Verstandes allmählich abgewöhnen. Später, wenn es auf dem Wege der Wiederverkörperung ein Mensch geworden sein wird, wird es mir für solche weise Erziehung Dank wissen, denn es bringt dann einen unterbewußten Schatz an Erfahrung mit, der für es von größtem Wert sein kann. Mir hat offenbar, als ich noch eine Spinne war, ein solcher Erzieher gefehlt, sonst hätte ich schon als Kind die Bücher weggeschmissen!‹

Ein andermal führte er mich vor einen Käfig, in dem lauter Elstern waren. Er warf ihnen massenhaft Futter vor; sie stürzten sich gierig darauf, und jede stopfte aus Neid, die anderen könnten schneller fressen, sich in Windeseile Schnabel und Kropf derart voll, daß keine mehr schlucken konnte.

›Diesen Viechern verekle ich den Geiz und die Habsucht‹, erläuterte er. ›Hoffentlich lassen sie im späteren Leben auch die öde Sparerei bleiben, eine Eigenschaft, die von allen den Menschen am häßlichsten macht!‹

›Oder‹, wendete ich ein, ›sie erfinden sich Rocktaschen und Geldschränke!‹, worauf mein Vater nachdenklich wurde und ohne ein Wort zu verlieren den Vögeln die Freiheit wiedergab.
›Gegen das da aber wirst du hoffentlich nichts einzuwenden haben!‹ brummte er stolz und führte mich auf einen Söller, auf dem eine Balliste – eine Art Steinschleudermaschine stand. ›Siehst du die vielen Köter da unten auf der Wiese? Da flacken sie herum und lassen den lieben Gott einen braven Mann sein! Das Handwerk werde ich ihnen legen!‹ Er nahm einen Kiesel und schleuderte ihn auf einen der Hunde, der sofort entsetzt aufsprang, nach allen Seiten spähte, woher das Geschoß wohl gekommen sein möchte, dann ratlos zum Himmel aufsah und sich nach längerer Unruhe wieder niederlegte. Nach seinem verzweifelten Gebaren zu schließen, mußte ihm dergleichen Unbill schon des öfteren widerfahren sein.
›Dies ist die Maschine, die, mit Geduld angewendet, in jedes Jagdhundes Herz, mag er noch so gottlos sein, unfehlbar den Keim dereinstigen Wunderglaubens lenken muß!‹ sagte mein Vater und warf sich in die Brust. ›Lach' nicht, vorwitziger Knabe! Nenne mir einen Beruf, der wichtiger wäre! Glaubst du, die Vorsehung verführe mit uns anders, als ich es hier tue mit den Kötern?‹
Sehen Sie, ein solch hemmungsloses Kuriosum und

doch voll Weisheit war mein Vater«, schloß der Baron.
Nachdem sie sich beide herzlich ausgelacht hatten, fuhr er zu erzählen fort:
»Ein merkwürdiges Schicksal vererbt sich in unserer Familie. Glauben Sie aber, bitte, nicht, wenn Ihnen meine Worte vielleicht zu überhebend klingen werden, daß ich mich für etwas Besonderes oder für einen Auserwählten hielte! Allerdings habe ich eine Mission, aber eine sehr bescheidene. Freilich, mir scheint sie groß, und ich halte sie heilig!
Ich bin der elfte aus dem Geschlechte der Jöcher; den Ahnherrn nennen wir die Wurzel, wir andern zehn, die Freiherren, heißen die Äste, unsere Vornamen beginnen alle mit einem ›B‹, wie zum Beispiel Bartholomäus, Benjamin, Balthasar, Benedikt und so weiter. Nur die Wurzel, der Ahnherr Christopher, fängt mit ›Ch‹ an. In unserer Familienchronik steht, der Ahnherr habe vorausgesagt, die Krone des Stammbaumes – der zwölfte – werde wiederum Christopher heißen. ›Es ist seltsam‹, habe ich mir oft gedacht, ›alles, was er vorausgesagt hat, ist Wort für Wort eingetroffen, nur das letzte scheint nicht zu stimmen, denn ich habe doch keine Kinder!‹ Da geschah das Merkwürdige, daß ich von dem kleinen Jungen im Findelhaus, den ich jetzt adoptiert habe, hörte und ihn zu mir nahm, ledig-

lich, weil er im Schlafe wanderte; eine Eigenschaft, die uns Jöchers allen anhaftet. Als ich dann erfuhr, er heiße Christopher, durchfuhr's mich wie ein Blitz, und ich mußte förmlich nach Luft ringen, als ich das Kind damals nach Hause nahm, so sehr hatte mir die Aufregung den Atem verschlagen. Mein Geschlecht wird in der Chronik mit einer Palme verglichen, bei der immer ein Ast abfällt, um dem nächsten Platz zu machen, bis schließlich nur übrig bleiben: die Wurzel, die Krone und der glatte Stamm, der keinerlei Seitentrieb ansetzt, so daß der Saft aus dem Boden frei aufsteigen kann zum Wipfel. Niemals hatte irgend ein Vorfahr mehr als einen Sohn und nie eine Tochter, so daß das Gleichnis der Palme ungetrübt blieb.
Ich als der letzte Ast wohne noch obendrein hier im Hause unter dem Dache; es hat mich herauf getrieben, ich weiß selbst nicht warum! Nie haben meine Ahnen länger als zwei Generationen im selben Stockwerk gewohnt.
Mein Sohn, freilich, ist der liebe Junge nicht. Hier bricht die Prophezeiung entzwei. Das stimmt mich oft traurig, denn ich hätte natürlich gerne gesehen, daß die Krone des Stammbaumes ein Sproß aus meinem Blute und dem meiner Vorfahren gewesen wäre! Wie es da mit der geistigen Erbschaft werden soll? Aber was ist Ihnen, Kaplan? Warum starren Sie mich so an?«

Ich entnahm aus dem Geräusche eines umfallenden Sessels, daß der Geistliche aufgesprungen sein mußte.

Von da an ergriff es mich wie ein sengendes Fieber, das sich steigerte bei jedem Worte des Kaplans.

»Baron! Hören Sie!« stieß er hervor. »Gleich, als ich eintrat, wollte ich es Ihnen sagen, aber ich schob es hinaus, bis ein günstiger Augenblick gekommen sein würde. Dann sprachen Sie, und im Laufe Ihrer Erzählung habe ich Momente lang den Zweck meines Kommens vergessen gehabt. Ich fürchte, ich reiße jetzt eine alte Wunde in Ihrem Herzen auf –«

»Reden Sie! Reden Sie!« drängte der Baron.

»Ihre verschollene Gattin –«

»Nein, nein, nicht verschollen, sie lief davon! Nennen Sie es, so wie es war!«

»Ihre Gattin also und die Unbekannte, die vor ungefähr fünfzehn Jahren tot hier am Flusse antrieb und in dem Grabe mit den weißen Rosen draußen im Friedhof, das nur ein Datum, aber keinen Namen trägt, bestattet liegt, sind eine und dieselbe Person gewesen! Und – jetzt jauchzen Sie, mein lieber, alter Freund! – Ihr Kind kann nur – es ist gar nicht anders möglich – der kleine Findling Christopher sein. Sie sagten ja selbst, Ihre Frau sei schwanger gewesen, als sie von Ihnen ging! Nein, nein! Nicht fragen, woher ich das wissen kann! Ich würde es Ihnen nicht sagen, selbst nicht, wenn ich dürfte. Nehmen Sie an, jemand hätte es mir in der Beichte gesagt. Jemand, den Sie nicht kennen –«

Ich hörte nicht mehr, was weiter gesprochen wurde. Mir war bald heiß, bald kalt.
Jene Mitternacht hat mir Vater und Mutter geschenkt, aber auch das traurige Bewußtsein, daß ich das Grab derer, die mich geboren, um drei weiße Rosen bestohlen habe.

6

Ophelia

Nach wie vor traben die Kinder hinter mir drein, wenn ich abends durch die Straßen ziehe, erhobenen Hauptes und stolz auf das Ehrenamt derer von Jöcher, jetzt, wo ich weiß: der Ahnherr ist auch der meinige; aber ihr Spottlied: »Taubenschlag, Taubenschlag, Taubenschlag« klingt merklich dünner; die meisten von ihnen begnügen sich damit, taktmäßig in die Hände zu klatschen, oder sie singen bloß: »Trara.«

Gar die Erwachsenen! Die ziehen den Hut als Dank auf meinen Gruß, während sie früher nur genickt haben, und wenn sie mich vom Grabe meiner Mutter kommen sehen, wohin ich täglich gehe, stecken sie hinter mir die Köpfe zusammen und flüstern miteinander; es hat sich im Städtchen herumgesprochen, daß ich der leibliche Sohn des Freiherrn von Jöcher bin und nicht nur sein Adoptivkind!

Frau Aglaja knickst wie vor einer Prozession, so oft ich ihr begegne, und benützt jede Gelegenheit, das Wort an mich zu richten und sich nach meinem Befinden zu erkundigen!

Wenn sie mit Ophelia geht, laufe ich immer davon, damit wir beide nicht rot zu werden brauchen, daß die Alte so unterwürfig tut.

Der Drechslermeister Mutschelknaus erstarrt förmlich, wenn er mich erblickt; glaubt er noch ungesehen entkommen zu können, so schießt er zurück in seine Höhle wie eine entsetzte Maus.

Ich fühle, wie unsäglich er darunter leidet, daß gerade ich, der jetzt für ihn ein überirdisches Wesen bedeutet, der Mitwisser seines nächtlichen Geheimnisses sein muß.

Nur einmal habe ich ihn in seiner Werkstatt besucht, in der Absicht, ihm zu sagen, daß er sich doch wahrhaftig vor mir nicht zu schämen brauche; ein zweitesmal getraue ich es mir nicht mehr.

Ich wollte ihm sagen, wie hoch ich ihn schätzte, daß er sich so für seine Familie aufopfert.

Ich wollte die Worte meines Vaters gebrauchen, »daß jeder Beruf edel sei, den die Seele für würdig hielte nach dem Tode fortzuführen«, und freute mich schon im Herzen darauf, welchen erlösenden Eindruck sie auf ihn machen würden, aber ich kam gar nicht zu solcher Rede.

Er riß einen Vorhang vom Fenster und warf ihn über den Sarg, damit ich die Hasen nicht sehen solle, breitete die Arme aus, beugte den Oberkörper rechtwinkelig vor und blieb in dieser chinesischen Stellung, das Gesicht zur Erde gerichtet, ste-

hen, ohne mich anzusehen, und wie eine Litanei unaufhörlich die sinnlosen Worte murmelnd:
»Seine Durchlauchtig Hochwohlgeboren der Herr Freiherr geruhen allerhöchstens –«
Wie mit Wasser begossen lief ich wieder hinaus, denn alles, was ich daherstotterte, war verkehrt. Ich mochte es anstellen, wie ich wollte, immer klang es nach Hochmut, was ich über die Lippen brachte, immer »geruhte ich«; das einfachste, schlichteste Wort, an ihn gerichtet, kehrte um an seiner Sklavenaura, verletzte mich selbst wie ein Pfeil, trug den häßlichen Beigeschmack der Herablassung.
Sogar mein stummes Weggehen bürdete mir die Gefühlslast auf, mein Benehmen habe hochfahrend geschienen.

Der Oberregisseur Paris ist der einzige unter den Erwachsenen, der sein Benehmen mir gegenüber nicht geändert hat.
Meine dumpfe Angst vor ihm ist noch größer geworden; es geht ein lähmender Einfluß von ihm aus, gegen den ich machtlos bin. Ich fühle, er liegt im Baß und der befehlenden Lautheit seiner Rede verborgen. Ich will mir einreden, es sei dumm von mir, so etwas zu glauben, denn ich brauchte ja nicht zu erschrecken, wenn er mich plötzlich anschrie. Und was wäre auch weiter dabei, wenn er es täte! Aber jedesmal, wenn ich ihn drüben in Ophelias

Zimmer deklamieren höre, macht mich der tiefe Klang seiner Stimme erbeben, und mich packt eine rätselhafte Furcht; ich komme mir so schwach und klein vor mit meinem beschämend hohen, knabenhaften Tonfall!

Es hilft nichts, daß ich mich damit beruhigen will: er weiß nicht, kann es gar nicht wissen, daß wir uns lieben, Ophelia und ich, und er klopft nur auf den Busch, der dumme Komödiant, wenn er mich auf der Straße immer so tückisch ansieht; ich kann es mir vorsagen, so oft ich will – das demütigende Bewußtsein werde ich nicht los: im Banne hält er dich ja doch, und du heuchelst dir nur Mut vor, wenn du dich bisweilen zwingst, ihm fest in die Augen zu blicken. Feige Furcht vor dir selber ist es und bleibt es und sonst nichts.

Ich wünsche mir oft, er möchte wieder so herausfordernd frech räuspern wie damals, damit ich Gelegenheit hätte, einen Streit mit ihm vom Zaun zu brechen; aber er tut es nicht mehr; er lauert. Ich glaube, er spart seinen Baß auf, bis der Zeitpunkt gekommen ist, und ich zittere innerlich, daß ich dann unvorbereitet sein könnte.

Auch Ophelia ist hilflos in seine Hand gegeben. Ich weiß es. Obwohl wir nie darüber sprechen.

Wenn wir nachts heimlich beisammen sind am Fluß in dem kleinen Gärtchen vor unserem Hause, und, uns in Liebesseligkeit umschlungen haltend, mit-

einander zärtlich flüstern, so zucken wir doch jedesmal in jähem Entsetzen zusammen, so oft es sich irgendwo leise rührt in unserer Nähe, und eines weiß vom andern, daß es nur die immerwährende Furcht vor jenem Menschen ist, die unsere Ohren so unnatürlich schärft.
Nicht einmal seinen Namen getrauen wir uns auszusprechen.
Wir weichen ängstlich jedem Thema aus, das dahin führen könnte.
Wie ein Verhängnis ist es, daß ich ihm täglich in die Arme laufen muß, ob ich nun absichtlich später oder früher abends aus dem Hause gehe.
Wie ein Vogel komme ich mir vor, um den eine Schlange immer engere Kreise zieht.
Aber er scheint darin eine Art Vorbedeutung zu wittern; er schwelgt in dem sicheren Gefühl, seinem Ziel von Tag zu Tag näher zu kommen. Ich sehe es an dem hämischen Aufblitzen in seinen kleinen, bösartigen Augen.
Was dieses Ziel wohl für ihn sein mag? Ich glaube, er weiß es selber nicht genau, ebensowenig wie ich es mir vorzustellen vermag.
Noch ist es für ihn ein Problem, und das beruhigt mich; weshalb bliebe er denn regelmäßig, sich die Unterlippe benagend, im Grübeln versunken stehen, wenn ich an ihm vorüberhaste?
Er fixiert mich auch nie mehr; er weiß, er hat es

nicht mehr nötig; seine Seele hat die meinige in ihrer Gewalt auch so.

Uns nachts belauschen kann er nicht, dennoch habe ich mir einen Plan erdacht, damit wir uns nicht ewig ängstigen müssen.
Am Fuße der Palisadenbrücke liegt ein alter Kahn, halb ans Land gezogen; ich habe ihn heute geholt und in der Nähe unseres Gartens festgebunden.
Wenn der Mond hinter Wolken tritt, will ich Ophelia hinüberrudern ans jenseitige Ufer; dann lassen wir uns langsam stromabwärts treiben um die Stadt herum.
Der Fluß ist zu breit, als daß uns jemand sehen, geschweige denn erkennen könnte!

Ich habe mich in das Zimmer geschlichen, das die Schlafkammer meines Vaters von der meinigen trennt, und zähle die Schläge meines Herzens, ob es denn nicht bald vom Turm der Marienkirche zehnmal dröhnen wird und dann noch das eine-, das elftemal dazu – beredt und jauchzend: »Jetzt, jetzt kommt Ophelia hinunter in den Garten.«
Die Zeit scheint mir still zu stehen, und in meiner Ungeduld fange ich an, ein seltsames Spiel mit meinem Herzen zu treiben, bei dem sich mir allmählich die Begriffe verwirren wie im Traum.
Ich rede ihm zu, es möge schneller schlagen, damit

auch die Uhr auf dem Turme rascher werde. Es scheint mir ganz selbstverständlich, daß eines dem andern folgen müsse. Ist denn mein Herz nicht auch eine Uhr? frägt mich ein Gedanke. Und warum sollte sie nicht mächtiger sein können als jene da draußen auf dem Turm, die doch nur ein totes Metall ist und nicht lebendiges Fleisch und Blut wie die meinige!
Warum sollte sie ihr nicht die Zeit vorschreiben können?
Und wie eine Zusage, daß ich recht habe, fällt mir plötzlich ein Satz ein, den mir einmal mein Vater aus einem Gedicht vorlas: »Vom Herzen gehen die Dinge aus, sind herzgeboren und herzgefügt –«
Nur verstehe ich jetzt den furchtbaren Sinn, der in den Worten liegt, die damals an meinem Ohr vorüberrauschten. Ich erfasse ihn in einer Bedeutung, die mich tief erschreckt; in mir das Herz, mein eigenes Herz, gehorcht nicht, wenn ich ihm zurufe: schlage schneller! So lebt also einer in mir, der stärker ist als ich, der mir die Zeit und mein Schicksal vorschreibt!
Von ihm also gehen die Dinge aus!
Ich entsetze mich vor mir selber.
»Ich wäre ein Zauberer und hätte die Macht über jegliches Geschehen, kennte ich mich nur selber, und hätte ich nur ein wenig Gewalt über mein Herz«, das weiß ich mit einemmal klar.

Und ein zweiter, ungerufener Gedanke spricht in die Rede des ersten hinein und sagt:
»Erinnerst du dich an die gewisse Stelle in einem Buch, das du vor Jahren im Findelhaus gelesen hast? Stand nicht darin: ›Oft, wenn jemand stirbt, bleiben die Uhren stehen‹? Das ist so: Der Sterbende verwechselt unter dem Albdruck des Todes die Schläge seines langsam werdenden Herzens mit denen einer Uhr; die Angst seines Körpers, den die Seele verlassen will, flüstert: ›wenn die Uhr dort aufhört zu ticken, bin ich tot‹, und wie unter einem magischen Befehl bleibt auch die Uhr stehen, wenn das Herz seinen letzten Schlag tut. Hängt eine Uhr im Zimmer eines Menschen, an den der Sterbende denkt, so ist sie es, die blind dem der Todesangst entsprungenen Worte folgt, denn wohin jemand in der Todesminute denkt, dort ist er selber wie ein ausgesandter Doppelgänger.«
So ist es also die Furcht, der mein Herz gehorcht! Sie ist mächtiger noch als das Herz! Wenn es mir gelänge, sie zu bannen, so hätte ich die Gewalt über all die Dinge, die vom Herzen ausgehen, über Schicksal und Zeit!
Und ich wehre mich mit angehaltenem Atem gegen eine plötzlich über mich hereinbrechende Angst, die mich erwürgen will, weil ich hineintastete in ihre Schlupfwinkel.
Ich bin zu schwach, ihrer Herr zu werden, denn ich

weiß nicht, wo und wie ich sie packen soll; sie tut statt meiner dem Herzen Gewalt an, preßt es zusammen, um es zu zwingen, daß es mein Schicksal nach ihrem Willen und nicht nach dem meinigen formt.

Ich suche mich zu beruhigen, indem ich mir vorsage: Solange ich nicht mit Ophelia zusammen bin, droht ihr keine Gefahr – aber ich bin zu schwach, dem Ratschlusse meines Verstandes zu folgen: heute nicht hinunter in den Garten zu gehen.

Ich verwerfe ihn im selben Augenblick, wo ich ihn gefaßt habe. Ich durchschaue die Fallstricke, die mir mein Herz legt, und dennoch tappe ich mitten hinein; meine Sehnsucht nach Ophelia ist stärker als jegliche Vernunft.

Ich trete ans Fenster und schaue hinunter auf den Fluß, um mich zu sammeln und Mut zu fassen, – um gewappnet zu sein, der Gefahr, die ich jetzt unabwendbar kommen fühle, weil ich Angst vor ihr habe, ins Auge sehen zu können, aber der Anblick des stummen, gefühllosen, unaufhaltsam dahinströmenden Wassers wirkt so furchtbar auf mich, daß ich das Dröhnen der Turmuhr eine Weile lang gar nicht bemerke.

Das dumpfe Gefühl: »Der Fluß trägt es herbei, das Schicksal, dem du nicht mehr entrinnen kannst«, hat mich fast betäubt.

Dann weckt mich der vibrierende, metallische

Klang, und Furcht und Beklemmung sind wie weggewischt.

Ophelia!
Ich sehe ihr helles Kleid im Garten schimmern.
»Mein Bub, mein lieber, lieber Bub, ich habe solche Angst um dich gehabt den ganzen Tag!«
»Und ich um dich, Ophelia!« will ich sagen, aber sie umarmt mich, und ihre Lippen schließen die meinen.
»Weißt du, daß ich glaube, wir sehen uns heute zum letztenmal, mein lieber, armer Bub?!«
»Um Gottes willen! Ist etwas geschehen, Ophelia? Komm, komm rasch in das Boot, dort sind wir sicher.«
»Ja. Gehen wir. Dort sind wir vielleicht sicher – vor ihm.«
Vor ihm! Es ist das erstemal, daß sie »ihn« erwähnt! Ich fühle am Zittern ihrer Hand, wie grenzenlos ihre Furcht vor »ihm« sein muß!
Ich will sie fortziehen zum Kahn, aber sie bleibt einen Augenblick widerstrebend stehen, als könne sie sich von dem Ort nicht losreißen.
»Komm, komm, Ophelia«, dränge ich, »ängstige dich nicht. Gleich werden wir drüben am andern Ufer sein. Die Nebelschleier –«
»Ich ängstige mich nicht, mein Bub. Ich will nur« – sie stockt.

»Was ist dir, Ophelia?« Ich umschlinge sie mit meinen Armen. »Hast du mich nicht mehr lieb, Ophelia?«
»Du weißt, wie lieb ich dich habe, mein Christl!« sagt sie einfach und schweigt lange.
»Wollen wir nicht in den Kahn gehen?« dränge ich sie wieder flüsternd. »Ich sehne mich so nach dir!« Behutsam macht sie sich von mir los, geht einen Schritt zu der Bank zurück, wo wir immer zu sitzen pflegen, und streichelt sie, in Gedanken verloren.
»Was ist dir, Ophelia? Was tust du? Hast du einen Schmerz? Hab' ich dir weh getan?«
»Ich will nur – ich will nur Abschied nehmen von der lieben Bank! Weißt du noch, mein Bub, hier haben wir uns doch zum erstenmal geküßt!«
»Du willst von mir gehen?« schreie ich fast hinaus. »Ophelia, Gott im Himmel, das darf ja nicht sein! Es ist etwas geschehen, und du sagst es mir nicht! Glaubst du denn, ich könnte leben ohne dich?«
»Nein, sei ruhig, mein Bub, es ist nichts geschehen!« tröstet sie mich leise und versucht zu lächeln, aber wie das Mondlicht ihr hell ins Gesicht scheint, sehe ich, daß ihre Augen voll Tränen stehen.
»Komm, mein lieber Bub, komm, du hast recht, gehen wir in den Kahn!«
Bei jedem Ruderschlag, den ich tue, wird mir leichter ums Herz; je breiter der Wasserweg wird, der sich zwischen uns und die dunkeln Häuser mit

ihren glühenden, spähenden Augen legt, desto sicherer sind wir vor Gefahr.
Endlich tauchen die Weidenbüsche aus dem Nebel, die das ersehnte jenseitige Ufer umsäumen; das Wasser wird still und seicht, und wir treiben kaum merklich unter hängenden Zweigen dahin.
Ich habe die Ruder eingezogen und sitze neben Ophelia auf der Steuerbank. Wir halten uns zärtlich umschlungen.
»Warum warst du vorhin so traurig, mein Lieb; warum hast du gesagt, du wolltest Abschied nehmen von der Bank? – Nicht wahr, du wirst doch nie von mir gehen?«
»Einmal muß es ja doch sein, mein Bub! – Und die Stunde kommt immer näher. – Nein, nein, sei jetzt nicht traurig. – Es ist vielleicht noch lange bis dahin. Denken wir nicht daran.«
»Ich weiß, was du sagen willst, Ophelia.« Die Tränen steigen mir auf und verbrennen mir fast die Kehle. »Du meinst, wenn du in die Hauptstadt gehst und Schauspielerin wirst, daß wir uns dann nie mehr sehen werden! – Glaubst du, ich dächte nicht Tag und Nacht voll Entsetzen daran, wie dann alles sein wird! – Ich weiß bestimmt, daß ich diese Trennung nicht aushalten könnte. – Aber du hast doch selbst gesagt, vor einem Jahre ist es nicht möglich, daß du fort mußt?«
»Nein, vor einem Jahr – kaum.«

»Und bis dahin habe ich mir bestimmt etwas ausgedacht, daß ich zusammen mit dir in der Hauptstadt sein kann. – Ich werde meinen Vater so lange bitten und nicht aufhören, ihn anzuflehen, bis er mir erlaubt, dort zu studieren. – Wenn ich dann selbständig bin und einen Beruf habe, heiraten wir uns und gehen nie mehr voneinander! – Hast du mich denn nicht mehr lieb, Ophelia, daß du so gar kein Wort sprichst?!« – frage ich geängstigt.
Aus ihrem Schweigen erfühle ich ihre Gedanken, und es gibt mir einen Stich ins Herz.
Sie denkt daran, daß ich doch so viel jünger bin als sie und all das nur Luftschlösser sind.
Ich fühle es auch, aber ich will nicht, ich will – ich will nicht denken, daß wir uns je trennen müßten! Ich will mich berauschen, indem ich sie und mich an die Möglichkeit eines Wunders glauben mache.
»Ophelia, hör mich an! . . .«
»Bitte, bitte, sprich jetzt nicht!« fleht sie. »Laß mich träumen!«
So sitzen wir dicht aneinander geschmiegt und schweigen lange.
Es ist, als läge der Kahn still und die weißen steilen Sandbrüche vom Mondlicht grell beschienen glitten an uns vorüber.
Plötzlich zuckt sie leise zusammen, als erwache sie aus dem Schlafe.

Ich fasse beruhigend ihre Hand, denn ich glaube, irgend ein Geräusch habe sie erschreckt.
Da fragt sie:
»Willst du mir etwas versprechen, mein Christl? –«
Ich suche nach Worten der Beteuerung, – will ihr sagen, daß ich mich ihretwegen foltern ließe, wenn es sein müßte.
»Willst du mir versprechen, daß du mich – daß du mich unter der Bank im Garten begräbst, wenn ich tot sein werde?«
»Ophelia!«
»Nur du allein darfst mich begraben und nur dort. Hörst du!? – Niemand darf dabei sein und niemand darf wissen, wo ich liege! – Hörst du! Ich habe diese Bank so lieb. – Dort wird mir immer sein, als wartete ich auf dich!«
»Ophelia, bitte, sprich nicht so! – Warum denkst du jetzt an den Tod? Wenn du einmal stirbst, gehe ich doch mit dir! – Fühlst du dich denn . . .?«
Sie läßt mich nicht zu Ende sprechen.
»Christl, mein Bub, frag mich nicht; versprich mir, um was ich dich bitte!«
»Ich verspreche es dir, Ophelia; ich verspreche es dir feierlich, wenn ich auch nicht begreifen kann, was du damit meinst.«
»Ich danke, ich danke dir, mein lieber, lieber Bub! Jetzt weiß ich auch, du wirst es halten.«

Sie preßt ihre Wange dicht an die meine, und ich fühle, wie ihre Tränen auf mein Gesicht tropfen.
»Du weinst, Ophelia! – Willst du mir denn nicht anvertrauen, warum du so unglücklich bist? – Vielleicht haben sie dich zu Hause gequält! – Bitte, bitte, sag es mir doch, Ophelia! – Ich weiß ja nicht mehr vor Jammer, was ich tun soll, wenn du so stumm bist!«
»Ja, du hast recht, ich will nicht mehr weinen. – Es ist so schön hier, so still und so märchenhaft feierlich. Ich bin auch so unsagbar glücklich, daß du bei mir bist, mein Bub!«
Und wir küssen uns wild und heiß, bis uns die Sinne schwinden.

Voll froher Zuversicht sehe ich mit einem Male in die Zukunft. Ja, es wird, es muß doch alles so kommen, wie ich es mir in stillen Nächten ausgemalt habe.
»Glaubst du, daß du Freude haben wirst«, frage ich sie voll heimlicher Eifersucht, »an deinem Beruf als Schauspielerin? Denkst du dir es wirklich so schön, wenn die Leute dir zuklatschen und dir Blumen auf die Bühne werfen?« Ich knie vor ihr; sie hat die Hände im Schoß gefaltet und blickt sinnend über die Wasserfläche in die Ferne.
»Ich habe noch nicht ein einzigesmal darüber nachgedacht, mein Christl, wie das alles wohl sein mag.

– Ich finde es widerwärtig und häßlich, so vor die Menschen hinzutreten und ihnen eine Begeisterung oder eine seelische Qual vorzuspielen. – Häßlich, wenn ich all das heuchle, und schamlos, wenn ich echt empfinde, um eine Minute später die Maske abzuwerfen und den Dank dafür in Empfang zu nehmen. – Und daß ich es Abend für Abend tun soll und immer um dieselbe Stunde, – es kommt mir vor, als sollte ich meine Seele prostituieren.«

»Dann darfst du es nicht tun!« rufe ich, und alles strafft sich in mir vor Entschlossenheit. »Morgen, gleich in der Früh, will ich mit meinem Vater sprechen. Ich weiß, er wird dir helfen; ich weiß es bestimmt! – Er ist ja so unendlich gut und weichherzig. – Er wird nicht dulden, daß sie dich zwingen...«

»Nein, Christl, das wirst du nicht tun!« unterbricht sie mich ruhig und fest. »Nicht meiner Mutter wegen will ich, daß du es nicht tust, der dadurch alle ihre eitlen Pläne zerstört würden. – Ich habe sie – nicht lieb, ich kann nichts dafür!... Ich schäme mich ihrer« – setzt sie mit abgewandtem Gesicht halblaut hinzu – »und das wird immer zwischen uns stehen.... Aber meinen – meinen – Ziehvater habe ich lieb. Warum sollte ich es nicht offen heraussagen, daß er nicht mein wirklicher Vater ist!

Du weißt es ja doch, wenn wir auch nie darüber

gesprochen haben. – Es hat's mir niemand gesagt, aber ich weiß es; ich habe es schon als Kind gefühlt. Deutlicher gefühlt, als man es wissen kann! Er ahnt nicht, daß ich nicht seine Tochter bin. Ich wäre glücklicher, wenn er es wüßte. – Dann hätte er mich vielleicht nicht mehr so lieb und marterte sich meinetwegen nicht mehr zu Tode.
Oh, du weißt nicht, wie oft ich schon als Kind nahe daran war, es ihm zu sagen. Aber zwischen ihm und mir steht eine furchtbare Mauer. Meine Mutter hat sie aufgerichtet. – Solange ich denken kann: – ich habe kaum ein paar Worte allein mit ihm reden, als kleines Mädchen nie auf seinem Schoß sitzen, ihn niemals küssen dürfen. ›Du machst dich schmutzig, faß ihn nicht an!‹ – hat es immer geheißen. – Ich sollte immer die helle Prinzessin sein, und er war der schmutzige, verächtliche Sklave. – Es ist ein Wunder, daß diese scheußliche, giftige Saat in meinem Herzen nicht Wurzel gefaßt hat.
Ich danke Gott, daß er es nicht zugelassen hat! . . . Manchmal, da denke ich wieder: wäre ich doch wirklich solch gefühlloses, hochmütiges Scheusal geworden, dann zerrisse mich dieses unbeschreibliche Mitleid mit ihm nicht, und ich grolle dem Schicksal, daß es mich davor bewahrt hat.
Oft quillt mir jeder Bissen im Munde, wenn ich daran denke, daß er sich, um ihn zu beschaffen, die Hände blutig gearbeitet hat. Gestern noch bin ich

mitten beim Essen von Tisch aufgesprungen und hinunter gelaufen zu ihm. –
Mir war das Herz so voll, daß ich glaubte, diesmal würde ich ihm alles, alles sagen können. Ich wollte ihn bitten: jag uns beide hinaus wie fremde Hunde, die Mutter und mich; wir sind es nicht besser wert; und ihn, ›ihn, diesen niederträchtigen, grauenhaften Erpresser, der wahrscheinlich mein wirklicher Vater ist, erwürg! Erschlag ihn mit deinen starken, ehrlichen Handwerkerhänden!‹ – Ich wollte ihm zuschreien: Hasse mich, wie nur ein Mensch hassen kann, damit ich endlich frei werde von diesem furchtbaren brennenden Mitleid.
Wieviel tausendmal habe ich wohl gebetet: Herr Gott im Himmel, schicke ihm Haß ins Herz! –
Aber, ich glaube, eher fließt der Strom hier bergauf, ehe dieses Herz des Hassens fähig würde ...
Ich hielt schon die Klinke der Werkstattstür in der Hand, da spähte ich noch einmal durchs Fenster hinein. Er stand am Tisch und schrieb mit Kreide meinen Namen darauf. Das einzige Wort, das er schreiben kann!
Da hat mich der Mut verlassen. Für immer.
Wäre ich vor ihn hingetreten, ich weiß, wie es unabwendbar hätte kommen müssen!
Entweder er hätte, ohne mich anzuhören, immerwährend gestammelt: ›Mein gnädiges Fräulein Tochter Ophelia!‹, wie er es jedesmal tut, wenn er

mich sieht, oder er hätte mich verstanden und – und
– wäre wahnsinnig geworden!
Siehst du, mein Bub, deshalb darf es nicht sein, daß
du mir hilfst!
Soll ich das einzige, worauf er hofft, in Trümmer
schlagen!? Soll ich schuld sein, daß sein armer Geist
vollends in Nacht versinkt? Nein, mir bleibt nur
das eine: das zu werden, wofür er Tag und Nacht
sich abmartert: ein leuchtender Stern in seinen Augen – in den meinen freilich geistig eine Hure.
Weine nicht, mein lieber, guter Bub! So weine doch
nicht! Hab' ich dir weh getan? Komm her! Sei wieder gut. Hättest du mich denn mehr lieb, wenn ich
anders dächte? Ich hab' dich erschreckt, mein armer Christl. Schau, vielleicht ist alles gar nicht so
schlimm, wie ich es geschildert habe! Vielleicht bin
ich nur sentimental und sehe alles verzerrt und vergrößert. Wenn man so tagsüber die ›Ophelia‹ immerfort deklamieren soll, so bleibt etwas davon in
einem zurück. Das ist ja das Schändliche an dieser
elenden Komödiantenkunst, daß die Seele in einem
krank davon wird.
Schau, vielleicht geschieht ein schönes, großes
Wunder, und ich falle in der Hauptstadt durch mit
Pauken und Trompeten, dann wäre mit einem
Schlag alles, alles gut.«
Sie lachte laut und herzlich und küßte mir die Tränen fort, aber sie verstellte sich nur, um mich zu

trösten, ich fühlte es zu genau, als daß ich in ihre Fröhlichkeit hätte einstimmen können.
In meinem tiefen Schmerz um sie mischt sich ein Empfinden, das mich fast zerschmettert. Sie ist, das begreife ich voll Weh, nicht nur an Jahren älter – nein, ich bin ein Kind gegen sie.
Die ganze Zeit, seit wir uns kennen und lieben, hat sie mir ihren Gram und all ihre Qual verschwiegen. Und ich? Ich habe bei jeder Gelegenheit meine winzigen, knabenhaften Sorgen vor ihr ausgeschüttet.
Mir ist, als sägte die grausame Erkenntnis, daß auch ihre Seele reifer und älter ist als die meine, heimlich die Wurzel all meiner Hoffnungen ab.
Sie mußte wohl Ähnliches fühlen, denn so zärtlich und heiß sie mich auch immer und immer wieder küßte und an sich zog, ihre Liebkosungen schienen mir plötzlich die einer Mutter zu sein.
Ich sage ihr, was ich nur an Innigkeit zu erfinden vermag, in meinem Hirn aber jagen sich die Gedanken und nehmen die abenteuerlichsten Formen an: »Irgend etwas muß ich tun! Nur Taten allein können mich ihr ebenbürtig machen. Wie kann ich ihr nur helfen? Wie kann ich sie retten?«
Ich fühle, daß ein grauenhafter, schwarzer Schatten in mir aufsteigt, daß ein formloses Etwas nach meinem Herzen greift; ich höre ein Flüstern wie von hundert zischenden Stimmen in meinem Ohr: ihr

Ziehvater, der idiotische Drechsler, ist die Schranke! Reiße sie nieder! Mach ihn kalt! Wer sieht es? Feigling, warum fürchtest du dich?
Ophelia läßt meine Hände los. Sie fröstelt. Ich sehe, daß sie schaudert.
Hat sie meine Gedanken erraten? Ich warte, daß sie irgend etwas sagt, irgend etwas, das mir einen geheimen Wink gibt, was ich tun soll.
Alles wartet in mir: mein Hirn, mein Herz, mein Blut; das Flüstern in meinem Ohr schweigt und wartet. Wartet und lauscht in teuflischer Siegesgewißheit.
Da sagt sie – und ich höre, daß ihre Zähne vor innerer Kälte zusammenschlagen – sie murmelt es mehr, als sie es ausspricht:
»Vielleicht erbarmt sich seiner – der Todesengel!«
Der schwarze Schatten in mir wird plötzlich eine weiße, gräßliche Lohe, die mich erfüllt von Kopf bis zu Fuß:
Ich springe auf und greife nach den Rudern; als habe der Kahn nur auf dieses Zeichen gewartet, wird er von selbst schneller und schneller, und wir treiben mitten in die Strömung hinein, dem Ufer der Bäckerzeile zu.
Die glühenden Augen der Häuser leuchten wieder aus der Finsternis.
In reißender Schnelle trägt uns der Fluß dem Wehr zu, wo er die Stadt verläßt.

Ich rudere aus Leibeskräften quer hinüber zu unserem Haus.

Weißer Gischt schäumt die Planken des Bootes entlang.

Jeder Ruderschlag, den ich tue, steigert meine wilde Entschlossenheit! Das Leder der Riemen in den Dollen knirscht: Mord, Mord, Mord.

Dann habe ich einen Pfosten an der Ufermauer gepackt und hebe Ophelia hinauf. Sie wiegt in meinen Armen leicht wie eine Feder.

Ich empfinde es wie eine unbändige, tierhafte Freude, daß ich mit einem Schlage ein Mann bin an Körper und Seele, und trage Ophelia in raschem Lauf am Scheine der Laterne vorbei in die Dunkelheit des Durchlasses hinein.

Dort stehen wir noch lange und küssen uns in verzehrender, rasender Leidenschaft. Jetzt ist sie wieder meine Geliebte und nicht mehr die zärtliche Mutter.

Ein Geräusch hinter uns! Ich achte es nicht: was kümmert es mich!

Dann ist sie im Flur des Hauses verschwunden.

In der Werkstatt des Drechslermeisters ist noch Licht. Es schimmert durch die trüben Fenster. Die Drehbank surrt.

Ich lege eine Hand auf die Klinke und drücke sie vorsichtig nieder. Ein winziger Lichtstreifen leuchtet auf und verschwindet, wie ich die Tür leise wieder zuziehe.

Ich schleiche ans Fenster, um zu erspähen, wo der Alte steht.

Er ist über die Drehbank gebeugt, hält ein blitzendes Eisen in der Hand, und zwischen seinen Fingern hervor stieben weiße, papierdünne Holzspäne von ihm weg in das Halbdunkel des Zimmers hinein und häufen sich wie tote Schlangen um den Sarg. Ein fürchterliches Schlottern fährt mir plötzlich in die Kniekehlen.

Ich höre, wie mein Atem pfeifend geht.

Ich muß mich mit der Schulter gegen die Mauer stützen, um nicht vornüber zu fallen und die Glasscheibe des Fensters zu zerbrechen.

»Soll ich denn wirklich ein Meuchelmörder werden?!« gellt ein Jammerschrei in meiner Brust. »Hinterrücks den armen, alten Mann erschlagen, der voll Liebe wie ein Heiland um meine, um seine Ophelia sich sein ganzes Leben zermürbt hat?«

Da, mit einem Ruck bleibt die Drehbank stehen. Das Surren verstummt. Jähe Totenstille schnappt nach mir.

Der Drechsler hat sich aufgerichtet, den Kopf halb zur Seite gewendet scheint er zu horchen, dann legt er das Stemmeisen weg und kommt mit zögerndem Schritt zum Fenster. Näher und näher. Die Augen fest auf die meinen gerichtet.

Ich weiß, er kann mich nicht sehen, denn ich stehe in der Finsternis, und er ist im Licht; aber wenn ich selbst wüßte, er sähe mich, ich könnte nicht mehr entfliehen, denn alle Kraft hat mich verlassen.

So ist er langsam bis dicht ans Fenster gekommen und starrt in die Dunkelheit hinein.

Zwischen unsern Augen liegt kaum die Breite einer Hand, und ich kann jede Runzel in seinem Gesicht erkennen.

Der Ausdruck einer grenzenlosen Müdigkeit liegt darin; dann fährt er sich langsam mit der Hand über die Stirn und sieht halb erstaunt, halb sinnend auf seine Finger, wie einer, der Blut daran erblickt und nicht weiß, wie das kommt.

Ein leiser Glanz von Hoffnung und Freude tritt mit einemmal in seine Züge, und er beugt das Haupt, geduldig und ergeben wie ein Märtyrer, der den Todesstreich erwartet.

Ich verstehe, was sein Geist da zu mir spricht!

Sein dumpfes Hirn weiß nicht, warum es ihn das alles tun läßt. Sein Leib ist nur die Gebärde seiner Seele, die da flüstert: »Erlöse mich um meiner lieben Tochter willen!«

Jetzt weiß ich: Es muß sein! Der erbarmende Tod selber wird mir die Hand führen!

Darf ich denn zurückstehen hinter ihm an Liebe zu Ophelia?

Jetzt erst erfühle ich bis in die tiefsten Abgründe

meines Innern, was Ophelia täglich erdulden muß unter der fressenden Pein des Mitleids mit ihm, dem Erbarmungswürdigsten aller Elenden; zerfleischt es mich doch selbst, daß ich glaube, ich verbrenne wie in einem Nessushemd. – – –
Wie ich es werde vollbringen können? Ich bin nicht fähig, es mir auszudenken.
Mit dem Eisen dort soll ich ihm den Schädel zertrümmern?
Soll ihm in die brechenden Augen schauen?
Soll seine Leiche in den Durchlaß schleppen und ins Wasser werfen? Und dann, die Hände besudelt mit Blut fürs ganze Leben, soll ich jemals wieder Ophelia küssen und umarmen?
Ich, ein Meuchelmörder, soll täglich meinem lieben, lieben Vater in das gütige Antlitz sehen!
Nein! Ich fühle: *das* werde ich niemals können.
Geschehen muß das Gräßliche, und ich werde es vollbringen, ich weiß es; aber mit der Leiche des Erschlagenen werde auch ich im Fluß versinken.
Ich raffe mich auf und schleiche zur Tür, bleibe stehen, bevor ich nach der Klinke greife, krampfe die Hände zusammen und will die Bitte in mein Herz hineinschreien:
»Herr, Allerbarmer, gib mir Kraft!«
Aber meine Lippen beten diese Worte nicht. Ohne daß ihnen mein Geist anders befehlen könnte, flüstern sie:

»Herr, ist's möglich, so lasse diesen Kelch an mir vorübergehen!«

Da zerspellt ein eherner Klang die Totenstille und reißt die Worte von meinem Munde weg. Die Luft vibriert, die Erde zittert; die Turmuhr der Marienkirche hat aufgebrüllt.

Unter dem Leben ringsum und in mir ist's, als würde die Finsternis weiß.

Und wie aus weiter, weiter Ferne, vom Berge her, den ich kenne aus meinen Träumen, höre ich die Stimme des weißen Dominikaners, der mich gefirmt hat und mir meine Sünden vergeben – die vergangenen und die zukünftigen –, meinen Namen rufen: Christopher! Christopher!

Eine Hand hat sich schwer auf meine Schulter gelegt.

»Mordbube!«

Ich weiß, es ist der grollende Baß des Schauspielers Paris, der da, gedämpft und verhalten, voll Drohung und Haß in meinen Ohren wiederdröhnt, aber ich setze mich nicht zur Wehr. Willenlos lasse ich mich in den Schein der Laterne schleppen.

»Mordbube!«

Ich sehe, wie seine Lippen geifern; die aufgequollene Trinkernase, die schlaffen Hängebacken, das naß glänzende, bespuckte Kinn, alles hüpft an ihm vor Triumph und höllischer Freude.

»Mord–bu–be!«
Er hat mich an der Brust gepackt und schüttelt mich bei jeder Silbe, die er hervorstößt, wie ein Bündel leerer Kleider.
Es kommt mir nicht in den Sinn, ihm Widerstand zu leisten oder gar mich loszureißen und zu entfliehen; ich bin schwach geworden wie ein kleines, sterbensmattes Tier.
Er deutet es als Schuldbewußtsein, das sehe ich ihm an, – aber wie wäre ich fähig, ein Wort zu sprechen! Meine Zunge ist schlaff.
Selbst wenn ich wollte, könnte ich ihm die Erschütterung nicht schildern, die ich durchgemacht habe. –
Was er auf mich einschreit, dann wieder heiser in meine Ohren bellt, wie ein Rasender, Schaum vor dem Mund, die Fäuste vor meinem Gesicht ballend – ich höre und sehe alles –, aber es bewegt mich nicht; ich bin erstarrt, hypnotisiert. Ich verstehe, daß er alles weiß, – daß er gesehen hat, wie wir aus dem Boot stiegen, – wie wir uns geküßt haben, – daß er erraten hat, ich wolle den Alten ermorden – »um ihn zu berauben«, wie er schreit.
Ich verteidige mich nicht; ich erschrecke nicht einmal darüber, daß er unser Geheimnis kennt.
So mag einem Vogel zumute sein, der in den Fängen einer Schlange die Furcht vergessen hat. –

7

Das mennigrote Buch

An meine Schläfen hämmert das Fieber. Wie Meer und Luft grenzen innere und äußere Welt aneinander.
Hilflos treibe ich in den Sturzwellen meines Blutes einher, bald hinabgerissen in gähnende Trichter voll Finsternis tiefster Bewußtlosigkeit, bald schwebend in blendender Helle, emporgeschleudert einer weißglühenden Sonne zu, die meine Sinne versengt.
Eine Hand hält die meinige fest; wenn mein Blick sie losläßt und ermüdet vom Zählen der vielen, feinen Maschen in der Spitzenmanschette, aus der sie hervorragt, den Ärmel hinaufwandert, kommt mir dämmrig ins Hirn: es ist mein Vater, der da an meinem Bette sitzt.
Oder ist es nur ein Traum?
Ich kann nicht mehr unterscheiden, was Wachsein ist und was Phantasieren, aber immer, wenn ich seine Augen auf mir ruhen fühle, muß ich die Lider schließen in quälendem Schuldbewußtsein.
Wie alles gekommen ist? – Ich kann mich nicht

mehr erinnern; die Fäden meines Gedächtnisses sind abgerissen an jenem Zeitpunkt, wo ich noch wußte, daß der Schauspieler auf mich einschrie.
Klar ist mir nur das eine: irgendwann, irgendwo beim Schein einer Lampe habe ich auf seinen Befehl einen Schuldschein ausgefüllt und mit dem gefälschten Namenszug meines Vaters unterschrieben. – So täuschend ähnlich war die Schrift gewesen, daß, als ich sie anstarrte, ehe er das Papier zusammenfaltete und einsteckte, ich einen Augenblick geglaubt hatte, mein Vater habe sie mit eigener Hand unterzeichnet.
Warum ich es getan habe? – Es scheint mir so selbstverständlich, daß ich selbst jetzt, wo mich die Erinnerung an die begangene Tat zerfleischt, es nicht ungeschehen machen möchte.
Ob nur eine Nacht seitdem verflossen ist oder ein Menschenalter?
Kommt mir doch vor, als habe die Wut des Schauspielers sich ohne Unterlaß ein ganzes Jahr meines Lebens über mich ergossen.
Dann endlich hat er wohl an meiner Widerstandslosigkeit eingesehen, es sei zwecklos, weiter zu rasen, denn irgendwie muß er mich überzeugt haben, durch Fälschung einer Unterschrift könne ich Ophelia retten.
Der einzige Lichtblick jetzt in meiner Fieberqual ist, daß ich bestimmt weiß: um mich vom Verdacht

eines geplanten Mordes zu befreien, habe ich es nicht begangen.

Wie ich dann nach Hause gekommen bin, ob es schon Morgen war oder noch Nacht, ist mir vollkommen entschwunden.

Mir dämmert auf, ich hätte an einem Grabe gesessen, weinend und verzweifelt, und nach dem Duft von Rosen zu schließen, der mich jetzt, wo ich daran denke, wieder umströmt, glaube ich fast, es war das meiner Mutter. Oder kommt er von dem Blumenstrauß dort auf der Decke meines Bettes? Wer mag ihn wohl hingelegt haben?

»Um Gottes willen, ich muß doch die Laternen auslöschen gehen«, fährt es mir wie ein Peitschenhieb plötzlich durch alle Nerven. »Ist es denn nicht schon heller Tag?!«

Und ich will aufspringen, aber ich bin so schwach, daß ich kein Glied rühren kann.

Matt sinke ich wieder zurück.

»Nein, es ist noch Nacht«, tröste ich mich, denn vor meinen Augen ist es mit einemmal wieder tiefste Dunkelheit.

Doch gleich darauf sehe ich von neuem Helligkeit und die Strahlen der Sonne an der weißen Wand spielen; und abermals fällt der Vorwurf der Pflichtversäumnis über mich her.

Es ist die Fieberwelle, die mich ins Meer des Phantasierens zurückreißt, sage ich mir; aber ich bin wehrlos dagegen, daß ein rhythmisches, wie aus dem Traumreich emportauchendes, mir altbekanntes Händeklatschen immer deutlicher und lauter an mein Ohr schlägt. Mit seinem Takt, schneller und schneller, wechseln zugleich Nacht und Tag, Tag und Nacht ohne Übergang, und ich muß laufen, laufen, damit ich noch zurecht komme, die Laternen anzuzünden, auszulöschen, anzuzünden, auszulöschen.

Die Zeit rast hinter meinem Herzen her und will es einfangen, aber es ist immer mit seinem Pulsschlag um einen Schritt voraus.

»Jetzt, jetzt werde ich in der Brandung des Blutes versinken«, fühle ich; »es strömt aus einer Kopfwunde des Drechslermeisters Mutschelknaus und quillt zwischen seinen Fingern hervor als ein Gießbach, wie er mit der Hand danach greift.

Gleich werde ich darin ertrinken! Ich hasche im letzten Moment nach einem Pfosten, der an einer Ufermauer eingeschlagen ist, um mich festzuklammern, und beiße die Zähne zusammen mit einem Rest schwindenden Besinnens:

»Halte deine Zunge fest; sonst verrät sie im Fieber, daß du die Unterschrift deines Vaters gefälscht hast.«

Wacher als je bei Tage, lebendiger als je im Traum bin ich plötzlich.

Mein Ohr ist so scharf, daß ich das leiseste Geräusch vernehme, ob nah, ob fern.
Weit, weit drüben in den Baumwipfeln am jenseitigen Ufer zwitschern die Vögel, und in der Marienkirche höre ich deutlich die Stimme der Betenden murmeln.
Ob es wohl Sonntag ist?
Seltsam, daß die sonst so dröhnenden Orgelklänge das Flüstern in den Stühlen nicht verschlingen können. Seltsam, daß die lauten Geräusche diesmal den leisen, schwachen nichts zuleide tun?!
Was für Türen schlagen denn da im Hause? Ich dachte, die Stockwerke sind unbewohnt? Nur altes, verstaubtes Gerümpel, glaubte ich, stünde dort unten in den Zimmern.
Sind es unsere Ahnen, die da plötzlich lebendig geworden sind?
Ich beschließe hinunter zu gehen; ich bin ja so frisch und gesund, warum sollte ich es nicht tun?
Gleich darauf fällt mir ein: dazu müßte ich meinen Körper mitnehmen, und das geht nicht gut, ich kann doch nicht im Hemde am hellichten Tag meinen Vorfahren einen Besuch machen!
Da klopft es an der Türe; mein Vater geht hin, öffnet sie ein wenig und sagt durch die Spalte ehrerbietig hinaus: Nein, Großpapa, es ist noch nicht an der Zeit. Wie du weißt, dürft Ihr erst zu ihm, bis ich gestorben bin.

Das wiederholt sich im ganzen neunmal.
Als es zum zehntenmal geschieht, weiß ich: diesmal steht der Urahn draußen.
Ich habe mich auch nicht geirrt, das sehe ich an der tiefen, ehrfurchtsvollen Verbeugung, die mein Vater macht, als er die Türe weit öffnet.
Er selber geht hinaus, und an den schweren, langsamen Schritten, in die hinein das Stapfen eines Stabes klingt, höre ich: es kommt jemand an mein Bett.
Sehen kann ich ihn nicht, denn ich habe die Augen geschlossen. Ein inneres Gefühl sagt mir, ich dürfe sie nicht öffnen.
Aber durch die Lider hindurch ganz deutlich wie durch Glas sehe ich mein Zimmer und alle Gegenstände, die darin sind.
Der Urahn schlägt meine Bettdecke zurück und legt mir die rechte Hand, den Daumen abgespreizt, wie ein Winkelmaß an den Hals.
»Dies ist das Stockwerk«, sagt er eintönig, wie ein Geistlicher die Litanei spricht, »darin dein Großvater gestorben ist und der Auferstehung harrt. Der Leib des Menschen ist das Haus, in dem seine toten Ahnen wohnen.
In manches Menschen Haus, in manches Menschen Leib erwachen die Toten, ehe die Zeit ihrer Auferstehung reif ist, zu einem kurzen, gespenstischen Leben; dann raunt der Volksmund von ›Spuk‹, dann spricht der Volksmund von ›Besessenheit‹.«

Er wiederholt den Griff mit Daumen und Handfläche auf meiner Brust:
»Und hier liegt dein Urgroßvater eingesargt.«
So geht es den ganzen Körper hinab über Magengrube, Lenden, Schenkel und Knie bis zu den Fußsohlen.
Als er auf sie seine Hände legt, sagt er: »Und hier wohne ich! Denn die Füße sind das Fundament, auf dem das Haus ruht; sie sind die Wurzel und verbinden den Leib deines Menschen mit der Mutter Erde, so du wanderst.
Heut' ist der Tag, der auf die Nacht deiner Sonnenwende gefolgt ist. Dies ist der Tag, da die Toten in dir beginnen zu auferstehen.
Und ich bin der erste.«
Ich höre, wie er sich an mein Bett setzt, und aus dem Rauschen von Buchblättern, die er von Zeit zu Zeit umschlägt, errate ich: er liest mir vor aus der Familienchronik, die mein Vater so oft erwähnt.
Im Tone einer Litanei, die meine äußeren Sinne einschläfert, – meine inneren hingegen zu immer ansteigendem, manchmal fast unerträglichem Wachsein aufreizt, dringt es in mich ein:
»Du bist der Zwölfte, ich war der Erste. Bei ›eins‹ fängt man zu zählen an und man hört bei ›zwölf‹ auf. Dies ist das Geheimnis der Menschwerdung Gottes.
Du sollst der Wipfel des Baumes werden, der das

lebendige Licht schaut; ich bin die Wurzel, die die Kräfte der Finsternis in die Helligkeit schickt.
Aber du bist ich und ich bin du, wenn das Wachstum des Baumes vollendet sein wird.
Der Holunder ist der Strauch, der im Paradies der Baum des Lebens hieß. Noch heute geht unter den Menschen die Sage, er sei zauberkräftig. Schneide seine Zweige ab, seinen Wipfel, seine Wurzel, stecke ihn verkehrt in die Erde, und siehe: was Wipfel war, wird Wurzel werden, was Wurzel war, wird Wipfel treiben – so innig ist jede seiner Zellen durchdrungen von der Gemeinsamkeit des ›Ich‹ und ›Du‹.
Darum habe ich ihn als Sinnbild in das Wappen unseres Geschlechtes gesetzt! Darum wächst er als Wahrzeichen auf dem Dach unseres Hauses!
Hier auf Erden ist er nur ein Gleichnis, wie alle Form nur ein Gleichnis ist, aber im Reiche der Unverweslichen heißt er der erste unter allen Bäumen.
Zuweilen auf deinen Wanderungen hier und drüben hast du dich alt gefühlt, – das war ich, das Fundament, die Wurzel, der Urahn, den du in dir gefühlt hast.
Wir heißen beide Christopher, denn ich und du sind ein und dasselbe. –
Ich war ein Findelkind wie du; doch ich habe den großen Vater und die große Mutter gefunden auf meinen Wanderungen und den kleinen Vater und

die kleine Mutter nicht mehr: du hast den kleinen Vater und die kleine Mutter gefunden, aber den großen Vater und die große Mutter – noch nicht! Darum bin ich der Anfang und du bist das Ende; wenn wir beide einander durchdringen werden, – dann ist der Ring der Ewigkeit geschlossen für unser Geschlecht.

Die Nacht deiner Sonnenwende ist der Tag meiner Auferstehung. Wenn du alt wirst, werde ich jung, je ärmer du wirst, desto reicher werde ich ...

Hast du die Augen geöffnet, dann mußte ich die meinen schließen, hast du die deinen geschlossen, dann wurde ich sehend; – so war es bisher.

Wir standen einander gegenüber wie Wachen und Schlaf, wie Leben und Tod, und konnten uns nur auf der Brücke des Traumes begegnen.

Bald wird es anders sein; die Zeit bricht an! Die Zeit deiner Armut, die Zeit meines Reichtums. Die Nacht der Sonnenwende war die Grenzscheide.

Wer nicht reif ist, der verschläft sie; oder er irrt umher in der Dunkelheit; in ihm muß der Ahnherr im Grabe liegen bis zum großen jüngsten Tag.

Die einen, das sind die Vermessenen, die nur an ihren Leib glauben – und Sünden begehen um des Vorteils willen – die Unadligen, die ihren Stammbaum verachten; – die anderen, das sind die, die zu feig sind, eine Sünde zu begehen, um des Gewinnes eines ruhigen Gewissens willen. –

Du aber bist aus adeligem Blut und wolltest ein Mörder werden um der Liebe willen.
Schuld und Verdienst muß dasselbe werden, sonst bleiben beide eine Bürde; und ein Beladener kann nie ein Freiherr sein.
Der Meister, den sie den weißen Dominikaner nennen, hat dir alle Sünden vergeben, auch die zukünftigen, denn er wußte, wie alles kommen wird; – du aber wähntest, es sei in deine Hand gegeben, eine Tat zu begehen oder zu unterlassen. – Er ist von je frei von Schuld oder Verdienst und daher frei von jeglichem Wahn. Nur wer noch wähnt, wie du und ich, der lädt die eine Bürde auf sich oder die andere. Frei davon werden wir nur auf die Art, wie ich dir gesagt habe. Er ist der kommende große Wipfel aus dem Ur: – aus der großen Wurzel.
Er ist der Garten, du und ich und unseresgleichen sind die Bäume, die in ihm wachsen.
Er ist der große Wanderer und wir sind die kleinen.
Er steigt aus der Ewigkeit herab in die Unendlichkeit; wir wandern aus der Unendlichkeit empor in die Ewigkeit.
Wer die Grenzscheide überschritten hat, der ist ein Glied in einer Kette geworden, – einer Kette, gebildet aus unsichtbaren Händen, die einander nie mehr loslassen bis ans Ende der Tage; er gehört hinfort einer Gemeinschaft an, in der jeder einzelne eine nur für ihn allein bestimmte Mission hat. –

Nicht sind auch nur zwei in ihr, die da einander gleich wären, so wie schon unter den Menschentieren der Erde nicht zwei sind, die dasselbe Schicksal hätten.
Der Geist dieser Gemeinschaft durchdringt unsere ganze Erde; er ist ihr jederzeit allgegenwärtig, er ist der Lebensgeist im großen Holunderbaum.
Aus ihm sind die Religionen aller Zeiten und Völker entsprossen; sie wandeln sich, er aber wandelt sich nie.
Wer ein Wipfel geworden ist und die Wurzel ›Ur‹ bewußt in sich trägt, der tritt bewußt in diese Gemeinschaft ein durch das Erleben des Mysteriums, das da heißt:
›Die Lösung mit Leichnam und Schwert.‹
Tausende und Abertausende sind einst im alten China dieses geheimnisvollen Vorganges teilhaftig geworden, doch nur spärliche Berichte sind bis auf unsere Zeit gekommen.
Höre von solchen:
Es sind da gewisse Umwandlungen genannt Schi-Kiai, das ist die Lösung der Leichname, und andere genannt Kieu-Kiai, das ist die Lösung der Schwerter.
Die Lösung der Leichname ist der Zustand, in dem die Gestalt des Verstorbenen unsichtbar wird und dieser selbst zu dem Range eines Unsterblichen gelangt.

In manchen Fällen verliert der Leib bloß das Gewicht oder behält das Aussehen eines Lebenden.

Bei der Lösung der Schwerter bleibt im Sarge an der Stelle des Leichnams ein Schwert zurück.

Diese sind die gefeiten Waffen, bestimmt für die Zeit des letzten großen Kampfes.

Beide Lösungen sind eine Kunst, die die vorgeschrittenen Männer des Weges den begünstigten Jüngeren mitteilen.

Die Überlieferung aus dem oberen Buche des Schwertes sagt:

Bei der Weise der Lösung der Leichname geschieht es, daß man stirbt und wieder zum Leben kommt. Es geschieht, daß das Haupt abgehauen ist und von einer Seite zum Vorschein kommt. Es geschieht, daß die Gestalt vorhanden ist, aber daß die Knochen fehlen.

Die Höchsten unter den Gelösten nehmen in Empfang, aber sie handeln nicht; die übrigen lösen sich am hellen Tage mit den Leichnamen. Sie bringen es dahin, daß sie fliegende Unsterbliche werden. Wenn sie wollen, können sie am hellen Tage auf trockenem Boden versinken.

Einer von diesen war ein Eingeborener von Hooinan und hieß Tung-Tschung-khiu. In seiner Jugend übte er das Einatmen der geistigen Luft und läuterte dadurch seine Gestalt. Er wurde ungerech-

terweise beschuldigt und in dem Gefängnis gebunden. Sein Leichnam löste sich und verschwand.
Lieu-ping-hu hat keinen Namen und keinen Jünglingsnamen. Gegen das Ende der Zeiten von Han war er Ältester von Ping-hu in Kieu-Kiang. Er übte die Kunst eines Arztes und kam bei den Krankheiten und Kümmernissen der Menschen zu Hilfe, als ob es seine eigene Krankheit wäre. Auf einer Wanderung begegnete er dem unsterblichen Menschen Tscheu-tsching-schi, der ihm den Weg des verborgenen Daseins enthüllte. Später löste er sich mit dem Leichnam und verschwand.«
Ich hörte am Rauschen der Blätter, daß der Ahnherr einige Seiten überschlug, ehe er fortfuhr:
»Wer es besitzt, das mennigrote Buch, die Unsterblichkeitspflanze, das Erwecken des geistigen Atems und das Geheimnis, wie man die rechte Hand lebendig macht, der löst sich mit dem Leichnam.
Ich habe dir die Beispiele von Menschen vorgelesen, die sich gelöst haben, damit dein Glaube gestärkt wird durch das Hören, daß es andere vor dir gab, die es vollbrachten.
Zum selben Zwecke steht im Buch der Schriften das Ergebnis von der Auferstehung des Jesus von Nazareth.
Nun aber will ich dir berichten vom Geheimnis der Hand, vom Geheimnis des Atems und vom Lesen des mennigroten Buches.

Es heißt das mennigrote Buch, weil nach uraltem Glauben in China das Rot die Farbe der Gewänder der höchsten Vollkommenen ist, die zum Heile der Menschheit auf Erden zurückbleiben.
So wie ein Mensch den Sinn eines Buches nicht erfassen kann, wenn er es nur in der Hand hält, oder die Seiten umblättert, ohne sie zu lesen, so bringt ihm auch der Ablauf seines Schicksals keinerlei Gewinn, so er den Sinn nicht erfaßt; die Geschehnisse folgen einander wie die Blätter eines Buches, die der Tod umwendet; er weiß nur: sie erscheinen und verschwinden, und mit dem letzten ist das Buch zu Ende.
Er weiß nicht einmal, daß es von neuem aufgeschlagen wird immer wieder, bis er endlich lesen lernt. Und solange er das nicht kann, ist das Leben für ihn nur ein wertloses Spiel, gemischt aus Freude und Leid.
Wenn er aber endlich die lebendige Sprache darin zu begreifen beginnt, dann schlägt sein Geist die Augen auf und fängt an zu atmen und liest mit.
Dieses ist die erste Stufe auf dem Wege zur Lösung des Leichnams, denn der Leib ist nichts anderes als erstarrter Geist; er löst sich, wenn der Geist zu erwachen beginnt, wie Eis in Wasser zergeht, wenn dieses zu sieden beginnt.
Sinnvoll in der Wurzel ist jedes Menschen Schicksalsbuch, aber die Buchstaben darin tanzen wirr

durcheinander für jene, die sich nicht die Mühe nehmen, sie ruhevoll zu lesen, einen nach dem andern und so, wie sie gesetzt sind.

Das sind die Hastigen, die Raffgierigen, die Ehrgeizigen, die Pflichtvorschützer, die Vergifteten vom Wahn: ihr Schicksal anders gestalten zu können, als es der Tod in das Buch geschrieben hat.

Doch wer dem Umblättern, dem müßigen Kommen und Gehen der Seite keine Beachtung mehr schenkt, sich nicht mehr darüber freut und nicht mehr darüber weint und wie ein aufmerksamer Leser gespannten Sinnes Wort um Wort zu verstehen strebt, dem wird alsbald ein höheres Schicksalsbuch aufgeschlagen, bis als letztes und höchstes für ihn als Erwählten das mennigrote Buch vor ihm liegt, das alle Geheimnisse birgt.

Das ist der einzige Weg, dem Kerker des Fatums zu entrinnen; jegliches andere Tun ist ein qualvolles, vergebliches Zappeln in den Schlingen des Todes. Die Ärmsten im Leben sind die, die vergessen haben, daß es eine Freiheit jenseits des Kerkers gibt, – die, im Käfig geborenen Vögeln gleich, zufrieden beim vollen Futternapf, das Fliegen verlernt haben. – Für sie gibt es nimmermehr eine Erlösung. – Unsere Hoffnung ist, daß es dem großen, weißen Wanderer, der auf dem Wege ist herab in die Unendlichkeit, gelingen möge die Fesseln zu brechen.

Das mennigrote Buch aber werden sie nimmermehr schauen.

Wem es aufgeschlagen wird, der läßt auch in höherem Sinne keinen Leichnam mehr zurück: er reißt ein Stück Erde hinein ins Geistige und löst es darin auf.

So arbeitet er mit am großen Werk göttlicher Alchimie; er wandelt Blei in Gold, er wandelt Unendlichkeit in Ewigkeit. - - -

Höre nun vom Geheimnis des geistigen Atems!

Es ist aufbewahrt im mennigroten Buch nur für jene, die Wurzel sind oder Wipfel; die ›Äste‹ haben keinen Teil daran, denn begriffen sie es, so verdorrten sie alsbald und fielen ab vom Stamm.

Wohl durchströmt auch sie der große geistige Atem, – denn wie könnte auch nur das kleinste Wesen leben ohne ihn – aber er geht durch sie hindurch wie bewegender Wind und hält nicht still.

Der leibliche Atem ist nur sein Gegenspiel in der äußeren Welt.

In uns aber soll er fest werden, bis er, ein Lichtschein geworden, die Maschen des Körpernetzes durchdringt und sich vereinigt mit dem großen Licht.

Wie das geschieht, kann niemand dich lehren; es wurzelt im Gebiete des feinsten Erfühlens.

Es heißt im mennigroten Buch: ›Hier liegt verborgen der Schlüssel aller Magie. Der Leib kann nichts,

der Geist kann alles. Tu alles hinweg, was Leib ist, so wird dein Ich, wenn es völlig nackt geworden, als reiner Geist zu atmen beginnen.
Der eine fängt es an auf diese Weise, der andere auf jene Weise, je nach dem Glauben, in dem er geboren wurde. Der eine durch brennende Sehnsucht nach dem Geiste, der andere durch das Beharren im Gefühl der Gewißheit: ›ich stamme aus dem Geiste und nur mein Leib aus der Erde.‹
Wer keine Religion hat, wohl aber an die Überlieferung glaubt, der begleite all seiner Hände Werk, auch das Geringste, mit dem unablässigen Gedanken: ich tue es zu dem einzigen Zweck, daß das Geistige in mir *bewußt* zu atmen beginne.
So, wie der Leib, ohne daß du die geheime Werkstatt seiner Arbeit kennst, die eingeatmete irdische Luft verwandelt, so webt der Geist auf unbegreifliche Weise dir mit seinem Atem ein purpurnes Königsgewand: den Mantel der Vollendung.
Allmählich wird er deinen ganzen Körper durchdringen in einem tieferen Sinne als bei den Menschentieren; wohin sein Atem trifft, dort werden alle Glieder neu, um anderem Zweck zu dienen als bisher.
Dann kannst du diesen Atemstrom lenken, wie es dir beliebt. – Du kannst den Jordan aufwärts fließen machen, wie es in der Bibel heißt. Du kannst deines Körpers Herz still stehen lassen, kannst es

langsam machen oder schnell und so das Schicksal deines Leibes selbst bestimmen; das Buch des Todes hat hinfort keine Gültigkeit für dich.
Jede Kunst hat ihr Gesetz, jede Königswahl ihr Gepräge, jede Messe ihren Ritus und alles was wird und wächst seinen bestimmten Gang.
Das erste Glied des neuen Leibes, das du erwecken sollst mit jenem Atem, ist die rechte Hand.
Zwei Laute sind es, die zuerst ertönen, wenn der Hauch auf Fleisch und Blut trifft; das sind die Schöpfungslaute I und A. I ist ›ignes‹, das ist das Feuer, und A ist ›aqua‹, das ist das Wasser.
Nichts ist gemacht, das nicht aus Wasser und Feuer gemacht wäre! Wenn der Hauch den Zeigefinger trifft, dann wird er starr und gleicht dem Buchstaben I. – Es ›kalziniert der Knochen‹, wie es in der Überlieferung heißt.
Trifft der Hauch den Daumen, so wird dieser starr, spreizt sich ab und bildet mit dem Zeigefinger den Buchstaben A.
Dann ›gehen von deiner Hand Ströme lebendigen Wassers aus‹, wie es in der Überlieferung heißt.
Stürbe ein Mensch in diesem Stande der geistigen Wiedergeburt, so wäre seine rechte Hand nicht mehr der Verwesung unterworfen.
Legst du die wachgewordene Hand an deinen Hals, so strömt das ›lebendige Wasser‹ in deinen Körper ein.

Stürbest du in diesem Stande, so wäre dein ganzer Körper unverweslich wie die Leiche eines christlichen Heiligen.
Doch du sollst dich lösen mit deinem Leichnam!
Das geschieht durch das Kochen des ›Wassers‹ und dieses durch das ›Feuer‹, denn jeglicher Prozeß, auch der geistige der Wiedergeburt, muß seine Ordnung haben.
Ich werde es an dir vollbringen, ehe ich für diesesmal von dir gehe.«

Ich hörte, daß mein Urahn das Buch schloß.
Er stand auf und legte wiederum, so wie das erstemal, seine Hand einem Winkelmaße gleich an meinen Hals.
Ein Gefühl durchrieselte mich, als liefe ein Strom eiskalten Wassers meinen Körper hinab, bis in die Fußsohlen.
»Wenn ich es zum Kochen bringe, wird das Fieber in dir erwachen, und du wirst das Bewußtsein verlieren«, sagte er, »darum höre, ehe dein Ohr taub wird: Was ich an dir tue, das tust du selbst, denn ich bin du und du bist ich.
Kein anderer als ich könnte an dir tun, was ich tue; doch auch du könntest es allein an dir nicht tun. Ich muß dabei sein, denn ohne mich bist du nur ein halbes ›Ich‹ – so wie ich ohne dich nur ein halbes ›Ich‹ bin.

Auf diese Weise ist das Geheimnis der Vollbringung vor dem Mißbrauch durch Menschentiere geschützt.«
Ich fühlte, wie der Ahnherr langsam seinen Daumen löste; dann fuhr er mit dem Zeigefinger schnell dreimal von links nach rechts über meinen Hals, als wolle er mir die Kehle durchschneiden.
Ein entsetzlicher, schriller Ton wie ein »I« schoß mir versengend durch Fleisch und Bein.
Mir war, als schlügen Stichflammen aus meinem Körper.
»Vergiß nicht: alles was geschieht, und alles was du tust und erleidest, trage es um der Lösung mit dem Leichnam willen!« – hörte ich die Stimme meines Ahnherrn Christopher noch einmal und wie aus der Erde herauf.
Dann verbrannte der letzte Rest meines Bewußtseins in den Gluten des Fiebers.

8

Ophelia

Noch zittern mir die Knie vor Schwäche, wenn ich durchs Zimmer gehe, aber ich fühle deutlicher von Stunde zu Stunde, daß meine Gesundheit wiederkehrt.

Die Sehnsucht nach Ophelia verzehrt mich, und ich möchte so gerne hinunter ins Stiegenhaus gehen, um in ihr Fenster zu spähen und zu versuchen, einen Blick von ihr zu erhaschen.

Sie war bei mir, als ich bewußtlos im Fieber lag, sagte mir mein Vater, und hat mir einen Strauß Rosen gebracht.

Ich sehe ihm an, daß er alles erraten hat; vielleicht hat sie es ihm sogar eingestanden?

Ich fürchte mich zu fragen, und auch er weicht scheu dem Thema aus.

Er pflegt mich voll Fürsorge; was er mir an den Augen absehen kann, bringt er mir; mir aber pocht das Herz vor Weh und Scham bei jedem Liebesdienst, den er mir erweist, wenn ich daran denke, daß ich zum Verbrecher an ihm geworden bin.

Ich wollte, es wäre nur ein Fiebertraum gewesen,
– das mit der Fälschung des Schuldscheins! –
Aber jetzt, wo meine Sinne wieder klar sind, weiß
ich leider nur zu genau: es ist in Wirklichkeit geschehen. Warum und zu welchem Zweck ich es
getan habe? Alle Einzelheiten sind aus meinem Gedächtnis ausgetilgt.
Ich will auch nicht darüber nachgrübeln; ich weiß
nur das eine: irgendwie muß ich die Tat sühnen; ich
muß Geld verdienen, Geld, Geld, Geld, um den
Schuldschein wieder zurückkaufen zu können.
Der Angstschweiß tritt mir auf die Stirn bei dem
Gedanken: es wird unmöglich sein.
Womit soll ich hier in unserer kleinen Stadt Geld
verdienen?!
Aber vielleicht geht es in der Hauptstadt? Dort
kennt mich niemand. – Wenn ich mich dort als
Diener irgendeinem reichen Manne anböte! – Ich
wäre bereit, wie ein Sklave zu arbeiten, Tag und
Nacht.
Wie aber soll ich meinem Vater die Bitte vortragen,
mich in der Hauptstadt studieren zu lassen?
Womit soll ich sie begründen, wo er mir doch oft
genug gesagt hat, er hasse alle angelernte und nicht
durch das Leben selbst erworbene Gelehrsamkeit?!
Auch fehlt mir das nötige Vorwissen oder wenigstens das Schulzeugnis!
Nein, nein; es ist doch unmöglich!

Meine Qual verdoppelt sich, wenn ich mir überlege: so soll ich denn für Jahre und Jahre, vielleicht für immer von Ophelia getrennt sein?
Ich spüre, wie das Fieber wieder in mir aufsteigen will bei dem entsetzlichen Gedanken.
Zwei volle Wochen bin ich krank gelegen; die Rosen Ophelias in der Vase sind bereits verdorrt. – Vielleicht ist sie schon fort? – Meine Hände werden naß, so würgt mich die Verzweiflung. – Vielleicht waren die Blumen ein Abschiedsgruß?!
Mein Vater sieht mir an, wie ich leide, aber er fragt mit keinem Worte nach der Ursache. Weiß er denn mehr, als er sagen will?
Wenn ich ihm doch mein Herz ausschütten könnte, und ihm alles, alles gestehen! – nein, es darf nicht sein; wenn er mich verstieße, wie gern nähme ich es hin, wäre damit meine Schuld gesühnt; – aber ich weiß, das Herz bräche ihm, wenn er erführe: ich, sein einziges Kind, das er wie durch Schicksalsfügung wiedergefunden, habe wie ein Missetäter an ihm gehandelt; – nein, nein, es darf nicht geschehen!
Alle Menschen sollen es meinetwegen erfahren und mit Fingern auf mich deuten, nur er allein darf es nicht wissen. – – –
Er fährt mir zärtlich über die Stirn, blickt mir voll Liebe und Milde in die Augen und sagt: »Schau nicht so entsetzt darein, mein guter Junge! Was

dich auch quälen mag, vergiß es! Denke dir, es sei ein Fiebertraum. Bald wirst du wieder gesund und fröhlich sein!«

Er bringt das Wort »fröhlich« nur stockend heraus, und ich fühle, daß er ahnt, die kommende Zeit werde mir viel Schmerz und Jammer bringen.

So, wie auch ich es ahne.

Ist also Ophelia schon fort? Weiß er es?

Die Frage drängt sich mir auf die Lippen, aber ich würge sie hinunter. – Ich glaube, ich bräche weinend zusammen, wenn er sie bejahte.

Er fängt plötzlich an, schnell und überstürzt zu sprechen; er redet von allem möglichen, um mich zu zerstreuen und auf andere Gedanken zu bringen.

Ich kann mich nicht entsinnen, ihm von dem Traumbesuch unseres Ahnherrn – oder was sonst es war – erzählt zu haben, aber dennoch muß es wohl geschehen sein! – Wieso käme es denn, daß er mit einemmal fast dasselbe Thema anschlägt? Beinahe ohne Übergang sagt er:

»Du kannst einem Leid nicht ausweichen, solange du noch kein ›Gelöster‹ bist. Was im Schicksalsbuch geschrieben steht, kann der Erdgebundene nicht auslöschen. Traurig ist nicht, daß so viele Menschen leben, traurig ist nur, daß ihr Leiden im höheren Sinne zwecklos bleibt. – Dadurch wird es zur Strafe für einstmals – vielleicht in einem früheren Dasein – begangene Taten des Hasses. – Diesem grauenvollen Gesetz von Lohn und Strafe können wir nur entrinnen, wenn wir alles Geschehen hinnehmen mit dem Gedanken: es geschieht zu dem Zweck, unser geistiges Leben zu erwecken. Alles, was wir tun, sollen wir nur von diesem Gesichtspunkte aus tun. – Die geistige Einstellung ist alles, die Tat allein ist nichts! – Ein Leid wird sinnvoll und fruchtbringend, wenn du es mit solchen Augen ansiehst. – Glaub mir, du wirst es dann nicht nur leichter tragen können, es wird auch schneller vorübergehen und unter Umständen sogar sich ins Gegenteil verwandeln. – Es grenzt ans Wunderbare, was sich in solchen Fällen zuweilen begibt, und es sind nicht nur innere Wandlungen, die da geschehen – nein, auch äußerlich wendet sich das Schicksal auf seltsame Art. – Der Ungläubige freilich lacht über solche Behauptung – aber worüber lachte der nicht!

Es ist, als dulde die Seele nicht, daß wir ihretwegen mehr leiden, als wir ertragen können.«

»Was ist eigentlich unter dem ›Lebendigmachen der rechten Hand‹ zu verstehen?« frage ich. »Ist es bloß der Beginn einer geistigen Entwicklung, oder hat es sonst noch einen Zweck?«

Mein Vater denkt eine Weile nach.

»Wie soll ich dir das begreiflich machen? Man kann da nur wieder in Gleichnissen sprechen. –

Wie alle Formen sind auch die Glieder unseres Körpers nur Sinnbilder für geistige Begriffe. – Die rechte Hand ist sozusagen das Symbol für Handeln, Wirken und Tun. – Wird nun unsere Hand geistig lebendig, so heißt das: wir sind ›drüben‹ Schaffende geworden, während wir bis dahin Schläfer waren. – Ähnlich ist es mit ›Reden‹, ›Schreiben‹ und ›Lesen‹. Reden, Sprechen ist, irdisch gesehen, soviel wie: etwas mitteilen. – Ob derjenige, dem wir etwas mitteilen, Folge leistet, steht bei ihm. Mit dem ›geistigen‹ Sprechen ist es anders bestellt. Das ist keine Mitteilung mehr, denn wem sollten wir darüber ›etwas mitteilen‹? ›Ich‹ und ›Du‹ sind dort doch dasselbe.
›Sprechen‹ im geistigen Sinn ist soviel wie: erschaffen; es ist magisches In-die-Erscheinung-rufen. – ›Schreiben‹ hier auf Erden ist das vergängliche Niederlegen eines Gedankens; ›Schreiben‹ drüben heißt: etwas einmeißeln ins Gedächtnis der Ewigkeit. ›Lesen‹ hier bedeutet: den Sinn einer Niederschrift sich zu eigen machen. ›Lesen‹ drüben heißt: die großen unwandelbaren Gesetze erkennen und – nach ihnen handeln um der Harmonie willen! – Aber ich glaube, mein lieber Junge, wir sollten jetzt, wo du noch angegriffen bist, nicht von so schwer faßbaren Dingen reden!« –
»Willst du mir nicht von meiner Mutter erzählen, Vater? Wie hieß sie denn? Ich weiß so gar nichts

von ihr!« – die Frage ist mir plötzlich über die Lippen gekommen; erst, als es bereits zu spät ist, merke ich, daß ich eine Wunde in seinem Herzen berührt habe.

Er geht unruhig im Zimmer auf und ab; seine Sprache klingt abgerissen.

»Mein lieber Bub, erlaß mir, daß ich die Vergangenheit wieder lebendig mache! Sie hat mich lieb gehabt. Ja, das weiß ich.

Und ich sie – unsäglich.

Es ist mir ergangen wie allen meinen und deinen Vorvätern. Was mit dem ›Weibe‹ zusammenhängt, war uns Männern aus dem Stamme Jöcher Qual und Verhängnis. Ohne unsere Schuld und ohne die unserer Mütter.

Wir alle haben übrigens, wie du vielleicht weißt, jeder nur einen Sohn gehabt. Die Ehe hat nie länger gedauert.

Es ist, als ob sie damit ihren Zweck erfüllt gehabt hätte.

Glücklich war sie für keinen von uns. Mag sein, es kam daher, daß unsere Frauen entweder viel zu jung – wie die meinige – waren, oder älter als wir. Es war kein körperliches Zusammenstimmen da. Die Zeit riß uns mit jedem Jahr weiter auseinander. – Und warum sie von mir ging? Ja, wenn ich das wüßte! Aber ich will – ich will es nicht wissen!

Daß sie mich betrogen hätte? Nein! Das hätte ich

gefühlt! Würde es jetzt noch fühlen. Ich kann nur glauben: die Liebe zu einem andern ist in ihr erwacht, und als sie einsah, sie könne dem Schicksal, mich zu hintergehen, nicht mehr entrinnen, hat sie mich lieber verlassen und den Tod gesucht.«
»Aber warum hat sie mich ausgesetzt, Vater?«
»Dafür habe ich nur eine Erklärung: sie war strenggläubige Katholikin und hat unseren geistigen Weg, obgleich sie nie ein Wort dagegen sagte, für eine teuflische Verirrung gehalten. Sie wollte dich davor bewahren, und das konnte nur geschehen, indem sie dich meinem Einfluß entzog. Daß du mein leiblicher Sohn bist, daran darfst du nie zweifeln, hörst du! Sie hätte dir nie und nimmer den Namen Christopher mitgegeben; das allein schon ist mir ein untrügliches Zeichen, das du nicht – das Kind eines andern bist.«
»Vater, sag mir nur das eine noch: wie hat sie geheißen? Ich möchte ihren Vornamen wissen, wenn ich an sie denke.«
»Sie hat geheißen« – die Stimme meines Vaters versagt, als bliebe das Wort in seiner Kehle stecken. »Ihr Name war – sie hieß Ophelia.«

Endlich darf ich wieder ausgehen. Die Laternen soll ich nicht mehr anzünden, hat mein Vater gesagt. Auch später nicht mehr.
Ich weiß den Grund nicht.

Der Gemeindediener besorgt, wie früher vor mir, das Amt.
Mein erster Gang – zitternden Herzens – ist hinunter ins Stiegenhaus zum Fenster!
Aber drüben sind beständig die Vorhänge herabgelassen.
Ich habe im Durchlaß nach langem, langem Warten die alte Frau getroffen, die drüben bedient, und sie ausgefragt.
So ist es also Wirklichkeit geworden, was ich dumpf geahnt und gefürchtet habe! Ophelia hat mich verlassen!
Die alte Frau sagt, der Schauspieler Paris sei mit ihr in die Hauptstadt gereist.
Ich weiß jetzt auch, warum ich den Schuldschein unterschrieben habe; mein Gedächtnis ist wiedergekehrt. Er hat mir versprochen, sie nicht im Theater auftreten zu lassen, wenn ich ihm Geld verschaffe.
Drei Tage später hat er sein Wort gebrochen!
Jede Stunde, die verrinnt, sieht mich zur Gartenbank gehen. Ich lüge mir vor: Ophelia sitzt dort und wartet auf mich – sie hält sich nur versteckt, um mir plötzlich mit einem Jubelruf in die Arme zu eilen!
Manchmal ertappe ich mich bei seltsamem Beginnen: ich scharre den Sand um die Bank herum auf mit dem Spaten, der am Gartenzaun lehnt, mit

einem Stock, mit dem Rest eines Brettstückes, mit allem, was mir gerade in die Hände fällt – bisweilen mit den bloßen Händen selbst.
Als berge die Erde etwas, das ich ihr entreißen müßte.
In Büchern steht, daß Verdurstende so im Boden wühlen und tiefe Löcher mit den Fingern graben, wenn sie sich in der Wüste verirrt haben.
Ich fühle keinen Schmerz mehr, so glühend ist er geworden. Oder schwebe ich hoch über mir selbst, daß das Weh nicht bis zu mir empor kann?
Die Hauptstadt liegt viele Meilen stromauf, – bringt mir der Fluß denn keine Grüße?
Dann sitze ich plötzlich am Grabe meiner Mutter und weiß nicht, wie ich hingekommen bin.
Der gleiche Name »Ophelia« muß mich wohl hingezogen haben.

Warum kommt der Briefträger, jetzt, wo doch heißer Mittag ist und alles ruht, quer über die Bäckerzeile auf unser Haus zu?
Ich habe ihn noch nie in dieser Gegend gesehen.
Hier wohnt niemand, dem er einen Brief bringen könnte.
Er hat mich erblickt, bleibt stehen und sucht in seiner Ledertasche.
Ich bin gewiß: mein Herz muß bersten, wenn es eine Botschaft von Ophelia ist.

Dann halte ich betäubt etwas Weißes mit einem roten Siegel darauf in der Hand.

»Lieber, sehr verehrter Herr Baron!
Wenn Sie diesen Brief an Christopher öffnen sollten, dann bitte, bitte, lesen Sie nicht weiter! Lesen Sie auch das beiliegende Schriftstück nicht: ich flehe Sie an aus tiefster Seele! Verbrennen Sie beides, falls Sie den Brief Christl nicht übergeben wollen, aber ob so oder so, lassen Sie Christl nicht aus den Augen, keine Minute! Er ist doch noch so jung, und ich möchte nicht schuld sein, daß er – eine unüberlegte Tat begeht, wenn er aus anderem als Ihrem Mund erfährt, was Sie – und er – ja doch bald erfahren müssen.
Erfüllen Sie diese innige Bitte (und ich weiß, Sie werden es tun!) Ihrer in Gehorsam ergebenen Ophelia M.«
»Mein heißgeliebter, armer, armer Bub!
Mein Herz sagt mir, daß Du wieder gesund bist; so wirst Du, das hoffe ich aus ganzer Seele, mit Kraft und Mut verwinden, was ich Dir jetzt schreiben muß.
Was Du um meinetwillen getan hast, das wird Dir Gott nimmermehr vergessen.
Ich jauchze zu ihm voll Dankbarkeit, denn er hat es mir in die Hand gegeben, daß ich Deine Tat ungeschehen machen kann.

Was mußt Du um meinetwillen gelitten haben, mein lieber, herzensguter Bub!

Daß Du mit Deinem Vater über meine Lage gesprochen hättest, ist ja nicht möglich; ich habe Dich doch gebeten, ihm nichts davon zu sagen, und ich weiß, Du hast meine Bitte erfüllt.

Auch hätte er mir sicherlich eine Andeutung gemacht, als ich bei ihm war, um ihm zu sagen, wie lieb wir uns haben, und Abschied von ihm – und von Dir – zu nehmen.

So kannst also nur Du es gewesen sein, der den Schuldschein geschrieben hat!

Ich weine vor Freude und Jubel, daß ich ihn Dir heute zurückgeben kann!

Ich habe ihn durch Zufall auf dem Schreibtisch des entsetzlichen Menschen gefunden, dessen Namen ich nicht mehr über die Lippen bringe.

Wie sollte ich Dir mit Worten meine Dankbarkeit schildern, mein Bub! Welche Tat wäre groß genug, um sie Dir jemals zu beweisen!

Es kann nicht sein, daß soviel Dankbarkeit und Liebe, wie ich für Dich empfinde, nicht über das Grab hinausreichen sollten. Ich weiß, daß sie weiter bestehen werden bis in alle Ewigkeit, so wie ich weiß: ich werde um Dich sein im Geiste und Dich auf Schritt und Tritt begleiten und Dich behüten und bewahren vor jeder Gefahr wie ein treuer Hund, bis wir uns dereinst wiedersehen.

Wir haben nie darüber gesprochen, denn wie hätten wir Zeit dazu gehabt, wo wir uns doch küssen und umarmen mußten, mein Bub! – aber glaub mir: so wahr eine Vorsehung lebt, so wahr ist es auch, daß es ein Land der ewigen Jugend gibt. Wenn ich das nicht wüßte, woher nähme ich den Mut, von Dir zu scheiden!

Dort werden wir uns wiedersehen, um nie mehr von einander zu gehen: dort werden wir beide gleich jung sein und bleiben, und die Zeit wird eine ewige Gegenwart für uns sein.

Eines nur betrübt mich – aber nein, ich lächle schon wieder darüber! –, daß Du mir meinen Wunsch, mich im Garten bei unserer lieben Bank zu begraben, nicht wirst erfüllen können.

Statt dessen bitte ich Dich, heißer noch und inständiger als damals: bleib auf Erden um unserer Liebe willen! Lebe Dein Leben, ich flehe Dich an, bis der Todesengel von selber und ohne daß Du ihn rufst zu Dir kommt.

Ich will, daß Du älter bist als ich, wenn wir uns wiedersehen. Deshalb mußt Du Dein Leben hier auf Erden zu Ende leben! Und ich werde drüben im Lande der ewigen Jugend auf Dich warten.

Halte Dein Herz fest, daß es nicht schreit; sag ihm, daß ich doch bei Dir bin, näher, als es im Körper möglich wäre! Jauchze, daß ich endlich, endlich frei bin – jetzt, wo Du meinen Brief liest.

Wäre es Dir denn lieber, Du wüßtest: ich leide? Und was ich leiden würde, wenn ich leben bliebe, das läßt sich nicht sagen mit Worten!
Ich habe einen Blick in das Leben getan, das mir bevorstünde – nur einen einzigen! Mir graut!
Lieber die Hölle als ein solcher Beruf!
Doch auch ihn trüge ich mit Freuden, wenn ich wüßte, ich käme dadurch dem Glück näher, mit Dir vereint zu werden. Glaub nicht, ich streifte das Leben ab, weil ich nicht fähig wäre, Deinetwillen zu leiden! Ich tue es, weil ich weiß, unsere Seelen würden getrennt sein für immer, hier und drüben.
Glaub nicht, es seien nur Worte, um Dich zu trösten, trügerische Hoffnung oder Hirngespinste, wenn ich Dir sage: ich weiß, daß ich das Grab überleben werde und werde wieder um Dich sein! Ich schwöre Dir, ich *weiß* es! Jeder Nerv in mir weiß es. Mein Herz, mein Blut weiß es. Hundert Vorzeichen sagen es mir. Im Wachen, im Schlaf und im Traum!
Ich will Dir einen Beweis geben, daß ich mich nicht täusche. Meinst Du, ich hätte die Vermessenheit, Dir etwas zu sagen, wenn ich nicht die Gewißheit hätte: es wird gelingen?
Hör mich: jetzt, wo Du diese Stelle liest, schließ die Augen! Ich werde Deine Tränen küssen!
Weißt Du jetzt, daß ich bei Dir stehe und lebendig bin!?

Fürchte nicht, mein Bub, die Minute meines Todes könnte qualvoll für mich gewesen sein.
Ich habe den Strom so lieb, er wird mir nicht wehe tun, wenn ich meinen Leib ihm anvertraue.
Ach, könnte ich doch bei unserer Bank begraben sein! Ich will Gott darum nicht bitten, aber vielleicht liest er meinen kindischen, stummen Wunsch und tut ein Wunder. Hat er doch so viele und größere getan.
Noch eins, mein Bub! Wenn es möglich ist und Du ein ganzer Mann, voll Macht und Kraft sein wirst, dann hilf meinem armen Ziehvater!
Doch nein! Sorge Dich nicht deshalb! Ich werde selber bei ihm sein und ihm beistehen.
Es wird zugleich Dir ein Zeichen sein, daß meine Seele mehr kann, als mein Körper je hätte vermocht.
Und nun, mein heißgeliebter, mein treuer, braver Bub, sei tausend- und abertausendmal geküßt von Deiner glücklichen Ophelia.«

Sind das wirklich meine Hände, die einen Brief halten und ihn dann langsam wieder zusammenfalten?
Bin ich das, der da seine Augenlider betastet, sein Gesicht, seine Brust?
Warum weinen diese Augen nicht?
Lippen aus dem Totenreich haben ihnen die Tränen weggeküßt; noch jetzt fühle ich ihre liebkosende

Berührung. Und doch ist mir, als sei eine unendlich lange Zeit seitdem verflossen. Ist es vielleicht nur eine Erinnerung an die Kahnfahrt, als Ophelia mir damals die Tränen wegküßte?

Machen die Toten nur das Gedächtnis lebendig, wenn sie wollen, daß man ihre Nähe als Gegenwart spürt? Durchqueren sie den Strom der Zeit, um zu uns zu gelangen, indem sie die Uhr in uns zurückstellen?

Meine Seele ist erstarrt; wie seltsam, daß mein Blut noch flutet und ebbt! Oder ist es der Puls eines andern, eines Fremden, den ich da pochen höre?

Ich blicke auf den Boden – sind es denn meine Füße, die da mechanisch Schritt vor Schritt zum Hause gehen? Und jetzt die Stiegen emporsteigen? Sie müßten doch zittern und taumeln unter dem Schmerz dessen, dem sie gehören, wenn ich dieser Jemand wäre!

Ein furchtbarer Stich wie von einer glühenden Lanze durchbohrt mich einen Augenblick vom Kopf bis zur Sohle, daß es mich fast ans Geländer schleudert, dann suche ich nach dem Schmerz in mir und kann ihn nicht mehr finden. Er ist in sich selbst verbrannt wie ein Blitz.

Bin ich gestorben? Liegt mein Körper vielleicht zerschellt dort unten im Treppenhaus? Ist es nur mein Schemen, der jetzt die Türe öffnet und ins Zimmer tritt?

Nein, es ist keine Täuschung, ich bin es selbst; auf dem Tisch steht das Mittagsbrot, und mein Vater kommt mir entgegen und küßt mich auf die Stirn. Ich will essen, aber ich kann nicht schlucken. Jeder Bissen quillt mir im Munde.
So leidet also mein Körper doch und ich weiß bloß nichts davon!
Ophelia hält mein Herz in der Hand – ich fühle ihre kühlen Finger –, damit es nicht zerspringt. Ja, nur so kann es sein! Sonst würde ich doch aufbrüllen!
Ich will mich freuen, daß sie bei mir ist, aber ich habe vergessen, wie man das macht, das Freuen.
Zum Freuen gehört der Körper, und über den habe ich doch keine Gewalt mehr.
So werde ich denn als ein lebender Leichnam hier über die Erde wandern müssen!?
Die alte Bedienerin trägt stumm das Essen ab; ich stehe auf und gehe in mein Zimmer; mein Blick fällt auf die Wanduhr; drei? Es kann doch höchstens eins sein? – Warum tickt sie nicht?
Da wird mir klar: um drei Uhr nachts ist Ophelia gestorben!
Ja, ja, jetzt wacht auch die Erinnerung wieder in mir auf: heute nacht habe ich von ihr geträumt; sie stand an meinem Bett und lächelte voll Glück.
»Ich komme zu dir, mein Bub! Der Strom hat meine Bitte gehört. – – Vergiß dein Versprechen

nicht, vergiß dein Versprechen nicht!« hat sie gesagt. Wie ein Echo hallen ihre Worte in mir auf.
»Vergiß dein Versprechen nicht,
vergiß dein Versprechen nicht!«
wiederholen unablässig meine Lippen, als wollten sie mein Gehirn erwecken, daß es den verborgenen Sinn des Satzes endlich begreife.
Mein ganzer Körper fängt an unruhig zu werden. Als erwarte er einen Befehl von mir, den ich ihm geben solle.
Ich strenge mich an nachzudenken, aber mein Hirn bleibt tot.
»Ich komme zu dir. Der Strom hat meine Bitte gehört!« Was heißt das? Was heißt das?
Mein Versprechen soll ich halten? Welches Versprechen habe ich denn gegeben?
Wie ein Ruck durchfährt es mich: das Versprechen, das ich Ophelia auf unserer Kahnfahrt gegeben habe.
Jetzt weiß ich: hinunter zum Fluß muß ich! Vier, fünf Stufen auf einmal nehme ich, das Geländer durch meine beiden Hände gleiten lassend, in so rasender Eile springe ich in Sätzen die Treppe hinab.
Ich bin plötzlich wieder lebendig; meine Gedanken jagen sich. »Es kann ja nicht sein«, sage ich mir; »es ist der unwahrscheinlichste Roman, den ich mir da zurechtträume.«

Ich will haltmachen und umkehren, aber mein Körper reißt mich vorwärts.
Ich laufe den Durchlaß entlang zum Wasser.
An der Ufermauer hat ein Floß angelegt.
Zwei Männer stehen darauf.
»Wie lange braucht ein Baumstamm, bis er von der Hauptstadt bis hierher treibt?« will ich sie fragen.
Ich stehe dicht vor ihnen und starre sie an. Verwundert schauen sie auf; ich bringe kein Wort heraus, denn in der Tiefe meines Herzens erklingt Ophelias Stimme:
»Weißt du nicht besser als alle Menschen, wann ich komme? Hab ich dich jemals warten lassen, mein Bub?«
Und die Gewißheit, so felsenfest und sonnenhaft, daß alle Zweifel erlöschen, ruft in mir: – es ist, als sei die Natur ringsum lebendig geworden und riefe mit: um elf Uhr heute nacht!
Elf Uhr! Stunde, die ich immer schon so sehnsüchtig erwartet habe!

Wie damals glitzert der Mond auf den Fluß.
Ich sitze auf der Gartenbank, aber es ist kein Warten in mir wie sonst, ich bin vereint mit dem Strome der Zeit, wie sollte ich wünschen, daß sie schneller ginge oder langsamer!
Im Buche der Wunder steht geschrieben, Ophelias letzte Bitte soll in Erfüllung gehen! Der Gedanke

ist so erschütternd, daß alles, was geschehen ist: der Tod Ophelias, ihr Brief, mein eigenes Leid, die grausige Aufgabe, ihrer Leichnam zu begraben, die furchtbare Öde des Lebens, das mir bevorsteht – alles, alles verblaßt.
Es faßt mich an, als seien die Myriaden Sterne dort oben die allwissenden Augen der Erzengel und blickten wachend hernieder auf sie und mich. Die Nähe einer grenzenlosen Macht umgibt und durchdringt mich. Alle Dinge sind in ihrer Hand ein lebendiges Werkzeug; ein Windhauch trifft mich, und ich fühle, daß er mir sagt: gehe zum Ufer und binde das Boot los.
Nicht mehr Gedanken sind es, die mein Tun und Lassen lenken: ich bin eingewoben in die ganze Natur, ihr heimliches Flüstern ist mein Verstehen. Gelassen rudere ich in die Mitte des Flusses.
Jetzt wird sie kommen!
Ein heller Streifen gleitet auf mich zu. Ein weißes, starres Antlitz, die Augen geschlossen, treibt auf der glatten Flut wie ein Bild in einem Spiegel.
Dann halte ich die Tote und ziehe sie zu mir in den Kahn.

Tief in den weichen, reinen Sand vor unserer lieben Bank auf ein Lager aus duftenden Holunderblüten habe ich sie gebettet und mit grünen Zweigen zugedeckt. Den Spaten habe ich im Fluß versenkt.

9

Einsamkeit

Ich hatte geglaubt, schon am nächsten Tage müßte die Nachricht von Ophelias Tod bekannt werden und ein Lauffeuer in der Stadt entzünden; aber Woche um Woche verging, und nichts rührte sich.
Endlich wurde mir klar: Ophelia hatte, ohne es jemand außer mir mitgeteilt zu haben, von der Erde Abschied genommen.
So war ich das einzige lebende Wesen auf Erden, das darum wußte.
Ein seltsames Gemisch aus unbeschreiblicher Einsamkeit und einem inneren Reichtum, den ich mit niemand zu teilen brauchte, erfüllte mich.
Alle Menschen um mich, sogar mein Vater, erschienen mir wie Figuren aus Papier geschnitten, so, als gehörten sie nicht in mein Dasein und seien nur wie Kulissen hineingestellt.
Wenn ich auf der Bank im Garten saß, wo ich täglich stundenlang vor mich hinzuträumen pflegte, fast unablässig von der Nähe Ophelias umweht, und mir vorstellte: hier zu meinen Füßen schläft ihr Körper, den ich so heiß geliebt habe! – überkam es

mich immer wie tiefes Verwundern, daß ich keinen Schmerz zu empfinden vermochte.
Wie fein und richtig war ihr Gefühl gewesen, als sie mich bei unserer Kahnfahrt gebeten hatte, sie hier zu bestatten und niemand die Stelle zu verraten!
So waren wir beide jetzt – sie drüben und ich hier auf Erden – die einzigen, die es wußten, und diese Gemeinschaft schloß uns so innig zusammen, daß ich ihren Tod zuzeiten nicht einmal als Abwesenheit ihres Leibes empfand.
Ich brauchte mir nur vorzustellen, sie läge auf dem Friedhof in der Stadt unter einem Grabstein, umgeben von Toten ringsum, beweint von ihren Angehörigen, – und der bloße Gedanke bohrte sich schmerzend wie ein Messer in meine Brust und rückte das Gefühl ihrer Nähe in unerreichbare Fernen.
Der unbestimmte Glaube der Menschen, daß der Tod nur eine dünne Scheidewand zwischen Sichtbarkeit und Unsichtbarkeit bedeutet und nicht eine nimmermehr zu überbrückende Kluft, wiche gar bald einer steten Gewißheit, wenn sie ihre Abgeschiedenen an Orten begrüben, die nur ihnen zugänglich und bekannt wären, und nicht in öffentlichen Gottesäckern.
Wenn ich mir meiner Einsamkeit so recht bewußt wurde, kam mir jene Nacht, wo ich Ophelias Leib zur Ruhe gebettet, in der Erinnerung vor, als sei ich

selbst es gewesen, den ich begraben hatte, als sei ich nur mehr ein Schemen auf Erden, ein wandelnder Leichnam, der nichts mehr gemein hat mit Menschen aus Fleisch und Blut.

Es gab Augenblicke, wo ich mir sagen mußte: das bist nicht mehr du selbst; ein Wesen, dessen Ursprung und Dasein Jahrhunderte zurückliegt vor dem deinigen, tritt unaufhaltbar immer tiefer in dich ein, ergreift von deiner Hülle Besitz und wird von dir bald nichts mehr übrig gelassen haben, als eine im Reiche der Vergangenheit frei schwebende Erinnerung, auf die du zurückschauen kannst wie auf die Erlebnisse eines vollkommen dir Fremden.

»Es ist der Ahnherr«, begriff ich, »der in dir aufersteht.«

Bilder mir unbekannter Gegenden und Landschaften fremden Charakters traten vor meinen Blick, täglich öfter und länger bestehend, wenn sich meine Augen im Dunste des Himmelnebels verloren. Ich hörte Worte, die ich mit einem inneren Organ erfaßte, ohne sie befremdenderweise zu begreifen; ich verstand sie, wie die Erde Samenkörner aufnimmt und aufbewahrt, um sie viel später erst zur Reife zu bringen; ich verstand sie wie etwas, von dem man fühlt: »dereinst wirst du sie in Wahrheit verstehen.«

Sie kamen aus dem Munde fremdartig gekleideter Menschen, die mir wie alte Bekannte schienen,

trotzdem ich sie in diesem Leben unmöglich je gesehen haben konnte, die Worte galten mir, und doch lag ihr Entstehen weit zurück; sie waren plötzlich Gegenwart aus Vergangenheit neu geboren.
Himmelanragende Schneeberge, die Eisgipfel unendlich höher als alle Wolkengebilde, sah ich.
Das »Dach der Welt« ist es, sagte ich mir, »das geheimnisvolle Tibet«.
Dann wieder endlose Steppen, mit Kamelkarawanen, asiatische Klöster in tiefster Einsamkeit, Priester in gelben Gewändern, die Gebetmühlen in den Händen trugen, Felsen, die in riesenhafte, sitzende Buddhastatuen umgemeißelt waren, Flußläufe, die aus der Unendlichkeit zu kommen und in die Unendlichkeit zu münden schienen – die Ufer ein Land von Hügeln aus Löß, deren Gipfel sämtlich flach waren, flach wie Tische, flach, als hätte sie eine ungeheure Sense abgemäht.
»Gegenden, Dinge, Menschen sind es«, erriet ich, »die der Ahnherr, als er noch auf Erden wandelte, gesehen haben muß. Jetzt, wo er seinen Einzug in mich hält, werden seine Erinnerungen auch die meinen.«
Wenn ich sonntags jungen Leuten, mir gleichalterig, begegnete und Zeuge ihrer Verliebtheit und fröhlichen Lebenslust war, so verstand ich gar wohl, was in ihnen vorging, aber in mir selbst war

lauter Kälte. – Nicht die Kälte der Starrheit, die die vorübergehende Erscheinung eines die Tiefen der Empfindung erfrostenden Schmerzes ist, und nicht die Kälte der Lebensschwäche des Greisentums. –
Wohl fühlte ich das Uralte in mir so übermächtig und so bleibend wie nie zuvor, und oft, wenn ich mich im Spiegel sah, erschrak ich fast, daß mir ein jugendliches Gesicht entgegenblickte, – aber nichts Gebrechliches haftete daran; die Abgestorbenheit hatte nur das Band ergriffen, das den Menschen an die Freuden der Erde fesselt, die Kälte kam aus mir fremden Regionen, aus einer Firnenwelt, die die Heimat meiner Seele ist.
Damals konnte ich den Zustand, der mich ergriffen hatte, nicht ermessen; ich wußte nicht, daß es einer jener rätselhaften, magischen Verwandlungsvorgänge war, die man häufig in den Lebensschilderungen katholischer und anderer Heiliger geschildert findet, ohne ihre Tiefe und bedeutsame Lebendigkeit zu erfassen.
Da ich keine Sehnsucht nach Gott empfand, hatte ich keine Erklärung dafür und suchte auch nicht nach einer solchen.
Das sengende Dürsten einer unstillbaren Sehnsucht, von der die Heiligen sprechen, und das, wie sie sagen, alles Irdische verbrennt, war mir erspart, denn alles, wonach ich mich hätte sehnen können:

»Ophelia« trug ich als Gewißheit ihrer beständigen Nähe in mir.
Die meisten Begebnisse des äußeren Lebens sind, ohne eine Spur in meiner Erinnerung zurückzulassen, an mir vorübergegangen; wie eine tote Mondlandschaft mit erloschenen Kratern, die kein Weg, kein Steg miteinander verbindet, liegen die Bilder jener Zeit vor mir.
Ich kann mich nicht entsinnen, was mein Vater und ich zusammen gesprochen haben, Wochen sind für mich zusammengeschrumpft zu Minuten, Minuten haben sich zu Jahren ausgedehnt; jahrelang, so scheint es mir jetzt, jetzt, wo ich die schreibende Hand eines Fremden benütze, um die Vergangenheit an mir wieder vorüberziehen zu lassen –, jahrelang muß ich auf der Gartenbank vor dem Grabe Ophelias gesessen sein; – die Glieder der Erlebniskette, an denen man den Ablauf der Zeit messen kann, hängen einzeln in der Luft für mich.
So weiß ich wohl, daß eines Tages das Wasserrad stillstand, das die Drehbank des Drechslermeisters trieb, und daß das Surren der Maschine aufgehört hatte und eine Totenstille in der Gasse zurückließ; – wann es aber geschehen war, ob am Morgen nach jener Nacht oder später, das ist in mir wie ausgelöscht.
Ich weiß, ich habe meinem Vater erzählt, daß ich seine Unterschrift gefälscht hatte; – es muß wohl

ohne jede Gefühlsbewegung geschehen sein, denn ich erinnere mich einer solchen nicht.

Auch kenne ich die Gründe nicht mehr, die mich bewogen haben, es zu tun.

Ich entsinne mich nur leise, leise, ich habe eine gewisse Freude empfunden, daß kein Geheimnis mehr zwischen ihm und mir bestand; – und im Zusammenhang mit dem stillstehenden Wasserrad taucht mir nur die Empfindung auf, ich sei froh gewesen in dem Bewußtsein, daß der alte Drechslermeister nicht mehr arbeite.

Und doch sind beides Gefühle, von denen ich glaube, ich selbst habe sie gar nicht gehabt – sie haben sich nur aus Ophelias Geist auf mich übertragen –, so abgestorben für alles Menschliche steht jener Christopher Taubenschlag jetzt im Bilde vor mir. –

Es war die Zeit, wo der mir angeflogene Name »Taubenschlag« sich in mir auswirkte wie eine Prophezeiung aus Schicksalsmund, – wo ich buchstäblich geworden war: ein lebloser Taubenschlag, eine Stätte, in der Ophelia wohnte und der Ahnherr und das Uralte, das Christopher heißt.

Viele Erkenntnisse, die nie in Büchern gestanden haben, sind mein eigen; kein Mensch hat sie mir jemals mitgeteilt, und dennoch sind sie da.

Ich verlege ihr Erwachen in jene Zeit zurück, wo meine äußere Form sich wie im Schlafe des Schein todes aus einer Hülle des Nichtwissens in ein Gefäß des Wissens wandelte.

Damals glaubte ich, so wie auch mein Vater es bis zu seinem Tode glaubte, daß die Seele an Erfahrung reicher werden könne und daß das Leben im Körper ihr zu diesem Zwecke dienlich sei. Ich hatte auch die Mahnung des Urahns in diesem Sinne aufgefaßt.

Heute weiß ich, daß die Seele des Menschen allwissend und allmächtig ist von Anbeginn, und daß das einzige, was der Mensch für sie tun kann, ist: alle Hemmnisse, die ihrer Entfaltung im Wege stehen, zu beseitigen. –

Wenn überhaupt irgend etwas in den Bereich seines Tuns gestellt ist!

Das tiefste Geheimnis aller Geheimnisse und das verborgenste Rätsel aller Rätsel ist die alchimistische Verwandlung der – Form.

Das sage ich dir, der du mir die Hand leihest, zum Danke dafür, daß du für mich schreibst!

Der verborgene Weg zur Wiedergeburt im Geiste, von dem in der Bibel steht, ist eine Verwandlung des Körpers und nicht des Geistes.

Wie die Form beschaffen ist, so äußert sich der Geist; – beständig meißelt und baut er an ihr, das Schicksal als Werkzeug gebrauchend; je starrer sie ist und je unvollkommener, desto starrer und unvollkommener die Art seiner Offenbarung; je willfähiger und feiner sie wird, desto mannigfaltiger gibt er sich kund.

Gott allein, der Allgeist, ist es, der sie verwandelt und die Glieder vergeistigt, so das Tiefinnerliche, der Urmensch, sein Gebet nicht nach außen stellt, sondern Glied um Glied der eigenen Form anbetet, als wohne darin verborgen die Gottheit in jeglichem Teile als anders erscheinendes Bild. – – –

Die Formveränderung, die ich meine, wird für das äußere Auge erst sichtbar, wenn der alchimistische Prozeß der Umwandlung seinem Ende zugeht; im Verborgenen nimmt er seinen Anfang: in den magnetischen Strömungen, die das Achsensystem des Körperbaues bestimmen, – die Denkart des Menschen, seine Neigungen und Triebe wandeln sich zuerst, ihnen folgt die Wandlung des Tuns und mit ihm die Verwandlung der Form, bis diese der Auferstehungsleib des Evangeliums wird.

Es ist, wie wenn eine Statue aus Eis von innen heraus zu schmelzen beginne.

Die Zeit kommt, wo die Lehre dieser Alchimie für viele wieder aufgebaut wird; sie lag wie tot, wie ein Trümmerhaufen, und das erstarrte Fakirtum Indiens ist ihre Ruine.

Unter dem verwandelnden Einfluß des geistigen Urahns war ich, wie ich sagte, ein Automat geworden mit kalten Sinnen; ich blieb es bis zum Tag meiner »Lösung mit dem Leichnam«.

Als leblosen Taubenschlag, in dem die Vögel aus- und einfliegen, ohne daß er Anteil nimmt an ihrem Treiben, mußt du mich werten, wenn du verstehen willst, wie ich damals war; du darfst mich nicht messen mit dem Maßstab der Menschen, die nur ihresgleichen kennen.

10

Die Bank im Garten

In der Stadt geht das Gerücht, der Drechslermeister Mutschelknaus sei wahnsinnig geworden.

Frau Aglajas Miene ist kummervoll. Frühmorgens geht sie mit einem kleinen Handkörbchen auf den Markt selber einkaufen, denn ihre Bedienerin hat sie entlassen. Von Tag zu Tag wird ihr Kleid schmutziger und verwahrloster; die Absätze ihrer Schuhe sind abgetreten. Wie jemand, der vor Sorgen nicht mehr aus und ein weiß, bleibt sie auf der Straße zuweilen stehen und spricht halblaut mit sich selbst.

Wenn ich ihr begegne, blickt sie weg, oder erkennt sie mich nicht mehr? Den Leuten, die sie nach ihrer Tochter fragen, sagt sie kurz und mürrisch: sie ist in Amerika.

Der Spätsommer, der Herbst und der Winter sind vergangen, und ich habe den Drechslermeister nicht ein einzigesmal mehr zu Gesicht bekommen. Ich weiß nicht mehr, ob Jahre seitdem verflossen sind, ob die Zeit stillstand oder ob ein einziger Winter mir so unendlich lang schien? –

Ich fühle nur: es muß wieder Frühling sein, denn die Luft ist schwer vom Dufte der Dolden, die Wege sind beschneit von Blüten nach den Gewittern, die jungen Mädchen haben weiße Kleider und Blumen im Haar.
Es ist ein Singen in der Luft.
Über die Ufermauern hängen die Zweige wilder Kletterrosen bis ins Wasser hinab, und der Fluß trägt den zarten, blaßroten Schaum ihrer Sträuße spielend von Quader zu Quader bis zu den Pfeilern der Brücke, wo er die morschen Stämme schmückt, daß sie aussehen, als trieben sie neues Leben.
Im Garten, der Rasen vor der Bank leuchtet wie ein Smaragd.
Oft, wenn ich hingehe, sehe ich an allerlei winzigen Veränderungen, daß jemand vor mir dort gewesen sein muß; einmal liegen kleine Steinchen auf der Bank, in Kreuzform oder in Kreise gelegt, als habe ein Kind mit ihnen gespielt, dann wieder sind Blumen umhergestreut.
Eines Tages, als ich durch den Durchlaß ging, kam mir der alte Drechslermeister vom Gärtchen her entgegen, und ich erriet, daß er es sein mußte, der auf der Bank, wenn ich fort war, zu sitzen pflegte.
Ich grüßte, aber er schien mich nicht zu bemerken, obgleich sein Arm den meinen streifte.
Er blickte, ein frohes Lächeln im Gesicht, geistesabwesend vor sich hin.

Bald darauf begab es sich, daß wir uns im Gärtchen trafen. Er setzte sich stumm neben mich und fing an, mit seinem Stock den Namen Ophelia in den weißen Sandstreifen zu zeichnen.

So saßen wir eine lange Zeit, und ich war sehr verwundert; dann fing er mit einem Male leise an zu murmeln, anfangs so, als spräche er mit sich selbst oder mit jemand Unsichtbarem; allmählich erst wurden seine Worte mir verständlich:

»Ich bin froh, daß nur du und ich herkommen! Es ist gut, daß niemand von dieser Bank weiß.«

Ich horchte erstaunt auf. Er nannte mich du? – Verwechselte er mich mit einem andern? Oder war sein Geist verwirrt? Hatte er vergessen, mit welch unnatürlicher Devotheit er früher mit mir verkehrt hatte? Was wollte er mit seinen Worten sagen: »Es ist gut, daß niemand von dieser Bank weiß?«

Die Nähe Ophelias wurde mir plötzlich so deutlich, als sei sie vor uns hingetreten.

Auch den Alten ergriff es, denn er hob schnell den Kopf, und ein Strahl des Glücks leuchtete in seinen Mienen auf.

»Weißt du, hier ist sie immer! Von hier begleitet sie mich ein Stück nach Haus und geht dann wieder zurück«, murmelte er, »sie hat mir gesagt, sie wartet hier auf dich. Sie hat dich lieb, hat sie gesagt!« Er legte mir freundlich die Hand auf den Arm, sah mir lange glücklich in die Augen und setzte leise hinzu:

»Ich bin froh, daß sie dich lieb hat.«
Ich wußte nicht gleich, was ich erwidern sollte; stockend bringe ich endlich heraus:
»Aber Ihre Tochter ist doch – ist doch in Amerika?«
Der Alte bringt seine Lippen dicht an mein Ohr und flüstert geheimnisvoll: »Pst! Nein! Das glauben nur die Leute und meine Frau. Sie ist gestorben! Aber das wissen nur wir zwei: du und ich! Sie hat mir gesagt, daß du es auch weißt; nicht einmal der Herr Paris weiß es« – er sieht mein Staunen, nickt und wiederholt eifrig: »Ja, sie ist gestorben! Aber sie ist nicht tot; der Sohn Gottes, der weiße Dominikaner, hat sich unser erbarmt, daß sie bei uns sein darf!«
Ich verstehe, daß der seltsame geistige Zustand, den die wilden Völker den heiligen Wahnsinn nennen, Besitz ergriffen hat von dem Alten. Er ist ein Kind geworden, spielt mit Steinchen wie ein Kind, spricht einfach und klar wie ein Kind, aber sein Denken ist Hellsehen.
»Wie ist es denn nur gekommen, daß Sie alles das erfahren haben?« frage ich.
»Ich hab' an der Drehbank gearbeitet in der Nacht«, erzählt er, »da ist das Wasserrad plötzlich stillgestanden, und ich hab's nimmer in Bewegung setzen können. Dann bin ich am Tisch eingeschlafen. Im Traum hab' ich meine Ophelia gesehen. Sie

hat gesagt: ›Vater, ich will nicht, daß du arbeitest. Ich bin tot. Der Strom weigert sich, das Wasserrad zu treiben, und so muß ich es tun, wenn du nicht aufhörst zu arbeiten. Hör auf, ich bitte dich! Sonst muß ich immer draußen am Fluß sein und kann nicht zu dir herein.‹ Wie ich dann aufgewacht bin, bin ich gleich, noch in der Nacht, in die Marienkirche gelaufen. Es war stockfinster und totenstill. Drin aber hat die Orgel gespielt. Ich hab' mir gedacht, die Kirche ist doch versperrt, man kann nicht hinein. Aber dann hab' ich mir gedacht, wenn ich daran zweifel, kann ich freilich nicht hinein, und hab' nicht mehr gezweifelt. Drin war's ganz dunkel, aber weil das Priesterkleid des Dominikaners so schneeweiß war, hab' ich alles sehen können von meinem Platz aus unter dem Standbild des Propheten Jonas. Ophelia hat neben mir gesessen und hat mir alles erklärt, was der Heilige, der große Weiße, gemacht hat.

Zuerst ist er vor den Altar getreten und hat mit ausgebreiteten Armen wie ein großes Kreuz dort gestanden, und die Statuen aller Heiligen und Propheten haben es ihm nachgemacht, einer dem andern, bis die Kirche ganz voll war mit lauter lebendigen Kreuzen. Dann ist er zu dem gläsernen Reliquienschrein gegangen und hat etwas hineingelegt, das hat ausgesehen wie ein kleiner, schwarzer Kieselstein.

›Es ist dein armes Hirn, Vater‹, hat meine Tochter Ophelia gesagt; ›jetzt hat er es in seine Schatzkammer gesperrt, denn er will nicht, daß du es um meinetwillen noch länger zermarterst. Wenn du es dereinst zurückerhältst, wird es ein Edelstein sein.‹ Am nächsten Morgen hat's mich herausgetrieben, hierher zur Bank, aber ich hab' nicht gewußt, warum. Hier sehe ich Ophelia täglich. Immer erzählt sie mir, wie glücklich sie ist und wie schön es drüben ist im Land der Seligen. Mein Vater, der Sargtischler, ist auch dort, und er hat mir alles verziehen. Er ist mir nicht einmal mehr bös, daß ich ihm als Bub den Leim hab' anbrennen lassen. Wenn's im Paradies Abend wird, sagt sie, dann ist dort Theater, sagt sie, und die Engel schauen zu, wie sie die Ophelia spielt in dem Stück ›Der König von Dänemark‹ und am Schluß den Kronprinzen heiratet, und sie freuen sich alle, erzählt sie, daß sie es so gut kann. ›Das hab' ich nur dir zu danken, Vater‹, sagt sie immer, ›denn du hast mir ermöglicht, daß ich es auf Erden gelernt habe. Es war immer mein heißester Wunsch, Schauspielerin zu werden, und den hast du mir erfüllt, Vater!‹ «
Der Alte verstummt und blickt verzückt in den Himmel.
Ein widerwärtig bitterer Geschmack tritt mir auf die Zunge. Lügen die Toten? Oder bildet er sich all das nur ein? Warum sagt ihm Ophelia nicht die

Wahrheit in milder Form, wenn sie sich ihm doch mitteilen kann?

Der furchtbare Gedanke, daß das Reich der Lüge bis ins Jenseits reichen sollte, beginnt an meinem Herzen zu nagen.

Da kommt mir die Erkenntnis; die Nähe Ophelias ergreift mich so urgewaltig, daß ich plötzlich die Wahrheit erfasse und weiß: es ist nur ihr Bild, nicht sie selbst, das er sieht und das mit ihm spricht. Es ist eine Truggeburt seiner langgehegten Wünsche; sein Herz ist nicht kalt geworden wie das meine, darum sieht es die Wahrheit verzerrt.

»Die Toten können Wunder tun, wenn Gott es erlaubt«, beginnt der Alte wieder; »sie können Fleisch und Blut werden und unter uns wandeln. Glaubst du das?!« Er fragt es mit so fester Stimme, daß es fast drohend klingt.

»Ich halte nichts für unmöglich«, gebe ich ausweichend zur Antwort.

Der Alte scheint befriedigend und schweigt. Dann steht er auf und geht. Ohne Gruß.

Einen Augenblick später kehrt er wieder um, stellt sich vor mich hin und sagt:

»Nein, du glaubst es nicht! Ophelia will, daß du selbst siehst und glaubst. Komm!«

Er faßt meine Hand, als wolle er mich mit sich ziehen. Zögert. Horcht in die Luft, als lausche er einer Stimme. »Nein, nicht jetzt. Heute nacht« –

murmelte er geistesabwesend vor sich hin; »warte hier heute nacht auf mich!«
Er geht.
Ich blicke ihm nach, wie er schwankend wie ein Betrunkener sich an der Mauer des Hauses entlang tastet.
Ich weiß nicht, was ich mir denken soll.

11

Das Medusenhaupt

Wir sitzen in einer winzigen, unsagbar ärmlichen Stube um einen Tisch herum: der Drechslermeister Mutschelknaus, eine kleine, bucklige Näherin, von der es in der Stadt heißt, sie sei eine Hexe, ein fettes, altes Weib, ein Mann mit langen Haaren, die ich beide noch nie gesehen habe, und ich.

Auf einem Schrank brennt in rotem Glas ein Nachtlicht; darüber hängt ein grellfarbiges Papierbild, die Mutter Gottes darstellend, das Herz von sieben Schwertern durchbohrt.

»Laßt uns beten«, sagt der Mann mit den langen Haaren, schlägt sich an die Brust und plappert das Vaterunser.

Seine Hände sind abgezehrt und von fahlem Weiß, wie arme, blutleere Schullehrer sie haben; seine nackten Füße stecken in Sandalen.

Das fette Weib seufzt und schluckt, als wolle es jeden Augenblick in Tränen ausbrechen.

»Denn Dein ist das Reich und die Kraft und die Herrlichkeit in Ewigkeit Amen, bilden wir die Kette und singen wir, denn die Geister lieben die

Musik«, sagt der Mann mit den langen Haaren in einem einzigen Satz.

Wir reichen einander die Hände auf der Tischplatte, und der Mann und das Weib stimmen leise einen Choral an.

Sie singen beide falsch, aber eine so echte Demut und Ergriffenheit klingt aus den Tönen, daß es mich unwillkürlich ergreift.

Mutschelknaus sitzt regungslos; seine Augen strahlen vor seliger Erwartung.

Das fromme Lied verstummt.

Die Näherin ist eingeschlafen; ich höre ihre röchelnden Atemzüge. Sie hat den Kopf zwischen die Arme auf den Tisch gelegt.

Eine Uhr tickt an der Wand; alles andere bleibt totenstill.

»Es ist nicht genug Kraft da«, sagt der Mann und blickt mich vorwurfsvoll von der Seite an, als sei ich schuld daran.

Da knistert es im Schrank, wie wenn Holz risse.

»Sie kommt!« flüstert der Alte erregt.

»Nein, es ist Pythagoras«, belehrt uns der Mann mit den langen Haaren.

Das fette Weib schluckt.

Diesmal knistert und knackt es im Tisch, die Hände der Näherin fangen an rhythmisch zu zucken wie unter dem Taktschlag ihres Pulses.

Einen Augenblick hebt sie den Kopf – die Iris ist

nach oben gedreht unter das Lid, man sieht nur das
Weiße –, dann läßt sie ihn wieder sinken.
Ich habe einmal einen kleinen Hund sterben sehen;
es war genauso; sie ist über die Schwelle des Todes
hinübergeglitten, fühle ich. Das rhythmische Zuk-
ken ihrer Hände überträgt sich auf den Tisch. Es
ist, als ginge ihr Leben in ihn ein.
Unter meinen Fingern fühle ich ein leises Pochen
im Holz, wie wenn Blasen aufsteigen und bersten.
Eine eisige Kälte kommt aus ihnen, wie sie platzen,
verbreitet sich und bleibt über der Platte schweben.
»Es ist Pythagoras!« sagt der Mann mit den langen
Haaren im Brustton der Überzeugung.
Die kalte Luftschicht über dem Tisch wird lebendig
und beginnt zu kreisen; ich muß an den »ertötenden Nordwind« denken, von dem mein Vater damals um Mitternacht zu dem Kaplan sprach.
Plötzlich erschüttert ein lauter Schlag das Zimmer:
der Stuhl, auf dem die Nähterin saß, ist weggerissen
worden; sie selbst liegt langausgestreckt auf dem
Boden.
Das Weib und der Mann heben sie auf eine Bank,
die beim Ofen steht; sie schütteln den Kopf, als ich
sie frage: »Hat sie sich nicht verletzt?«, und setzen
sich wieder an den Tisch.
Ich kann von meinem Platz aus nur den Körper der
Nähterin erkennen; das Gesicht ist durch den
Schatten des Schrankes verdeckt.

Unten vor dem Hause fährt ein Lastwagen vorbei, die Hände zittern; das Rollen der Räder ist längst verklungen, aber das Beben in den Mauern bleibt seltsamerweise bestehen.

Oder täusche ich mich? Sind vielleicht nur meine Sinne schärfer geworden und können wahrnehmen, was ihnen sonst entgangen wäre: das feine Nachvibrieren der Dinge, das viel später erlischt, als man gemeinhin glaubt?

Zuweilen muß ich die Augen schließen, so erregend wirkt der rote Schein des Nachtlichtes; wohin er fällt, quellen die Formen der Gegenstände auf und die Umrisse verschwimmen ineinander; der Körper der Näherin gleicht einer lockeren Masse; sie ist von der Bank auf den Boden geglitten.

Ich habe mir fest vorgenommen, nicht eher aufzublicken, bis etwas Entscheidendes eintritt; ich will Herr über meine Sinne bleiben.

Ich fühle die innere Warnung: sei auf deiner Hut! Ein tiefes Mißtrauen, als sei etwas teuflisch Bösartiges, ein grauenhaftes Wesen wie aus Gift geronnen im Zimmer.

Die Worte aus Ophelias Brief: »Ich werde bei Dir sein und Dich vor jeglicher Gefahr behüten« fallen mir ein, so deutlich, daß ich sie fast höre.

Da rufen die drei plötzlich wie aus einem Munde: »Ophelia!«

Ich schaue auf und sehe: über dem Körper der

Näherin schwebt ein bläulicher Dunstkegel aus kreisendem Nebel, die Spitze aufwärts gekehrt, ein zweiter ähnlicher senkt sich, die Spitze nach unten, von der Decke herab und tastet nach ihm, bis sie sich verbunden haben zur Gestalt einer menschengroßen Sanduhr.

Dann ist die Form mit einemmal, – wie das Bild einer Laterna magica, das jemand mit einem Ruck scharf einstellt, – klar umrissen und – Ophelia steht da, leibhaftig und wirklich.

So deutlich und körperhaft, daß ich laut aufschreie und auf sie zueilen will.

Ein Angstruf in mir – in der eigenen Brust –, ein doppelter Angstschrei aus zwei Stimmen reißt mich im letzten Augenblick zurück:

»Halte dein Herz fest! Christopher!«

»Halte dein Herz fest!« gellt es in mir, als riefen der Urahn und Ophelia zu gleicher Zeit durcheinander.

Der Spuk schreitet mit verklärtem Gesicht auf mich zu. Jede Falte des Gewandes ist genau wie sie im Leben war. Dasselbe Mienenspiel, dieselben schönen, träumerischen Augen, die schwarzen, langen Wimpern, die feingezeichneten Brauen, die schmalen, weißen Hände, – sogar die Lippen sind rot und lebensfrisch. – Nur das Haar ist von einem Schleier verhüllt. Sie neigt sich zärtlich über mich, ich fühle ihr Herz klopfen; sie küßt mich auf die Stirn und schlingt die Arme um meinen Hals. – Die Wärme ihres Körpers dringt in mich ein. – »Sie ist zum Leben erwacht!« – sage ich mir, – »es kann kein Zweifel sein!«

Mein Blut will heiß werden, und das Mißtrauen beginnt einem süßen Glücksgefühl zu weichen, aber immer angstvoller schreit in mir Ophelias Stimme; es ist wie ein ohnmächtig verzweifeltes Händeringen:

»Verlaß mich nicht! Hilf mir! – – – Er trägt nur meine Maske!« – glaube ich endlich in Worten zu verstehen, dann erstickt die Stimme wie hinter Tüchern.

»Verlaß mich nicht!?« das war ein Hilferuf! Er hat mich bis ins Innerste getroffen!

Nein, meine Ophelia, die du in mir wohnst, ich verlasse dich nicht!

Ich beiße die Zähne zusammen und werde kalt, – kalt vor Mißtrauen.

»Wer ist dieser ›Er‹, der Ophelias Maske tragen soll?« frage ich im Geiste und starre forschend der Spukgestalt ins Gesicht: da huscht über das Antlitz des Phantoms ein statuenhafter Ausdruck steinerner Leblosigkeit, die Pupillen ziehen sich zusammen, als habe sie ein Lichtstrahl getroffen.

Es war wie das blitzschnelle Ausweichen eines Wesens, das sich fürchtet, erkannt zu werden; aber so rasch es geschah, einen Herzschlag lang habe ich in

den Augen des Gespenstes statt meiner selbst das winzige Bildnis eines fremden Kopfes gesehen.
Im nächsten Moment hat sich die Spukgestalt von mir gelöst und schwebt mit ausgebreiteten Armen auf den Drechslermeister zu, der sie, laut weinend vor Liebe und Glück, umfängt und ihre Wangen mit Küssen bedeckt.
Ein unbeschreibliches Grauen erfaßt mich. Ich fühle, wie sich mir die Haare sträuben vor Entsetzen. Die Luft, die ich atme, lähmt mir die Lungen wie ein eisiger Hauch.
Das Bild des fremden Kopfes, winzig wie eine Nadelspitze und dennoch klarer und schärfer als alles, was ein Auge sehen kann, schwebt mir vor.
Ich schließe die Lider und halte es im Geiste fest. Das Antlitz beständig mir zugekehrt, will es entrinnen; es irrt umher wie ein Funken in einem Spiegel, dann zwinge ich es, stillzustehen, und wir starren uns an.
Es ist das Gesicht eines Wesens, mädchenhaft und zugleich das eines Jünglings, von einer unbegreiflichen fremdartigen Schönheit.
Die Augen haben keine Iris, sind leer wie die eines Marmorbildes und glitzern wie Opal.
Ein leiser, kaum sichtbarer, aber durch seine Verstecktheit um so furchtbarerer Ausdruck einer allzerstörenden Erbarmungslosigkeit liegt um die schmalen blutleeren, an den Mundwinkeln mit fei-

nen Linien in die Höhe gezogenen Lippen. – Die weißen Zähne schimmern durch die seidendünne Haut; ein grausiges Lächeln der Knochen.
Der optische Punkt zwischen zwei Welten ist dieses Antlitz, ahne ich; die Strahlen eines haßerfüllten Reiches der Vernichtung sind gesammelt darin wie in einer Brennlinse: der Abgrund aller Auflösung, dessen schwächstes Sinnbild der Todesengel ist, lauert hinter ihm. –
»Was ist diese Gestalt, die da Ophelias Züge vortäuscht?« frage ich mich angstvoll. »Woher kam sie, welche Kraft des Universums hat ihr Konterfei lebendig gemacht? Es wandelt, bewegt sich voll Liebreiz und Güte, und dennoch ist es die Maske einer satanischen Kraft; – wird der Dämon in ihm plötzlich die Hülle abwerfen und uns in höllischer Scheußlichkeit angrinsen, bloß um ein paar armselige Menschen in Verzweiflung und Enttäuschung zurückzulassen?«
»Nein«, begriff ich; »um solch nichtiger Zwecke willen offenbart sich der Teufel nicht«; ob das Uralte in mir es flüsterte, ob es die lebendige Stimme Ophelias in meinem Herzen war, die da sprach, oder die wortlose Erkenntnisquelle meines eigenen Wesens, – ich weiß es nicht mehr, aber ich verstand: »Die unpersönliche Kraft alles Bösen ist es, die nach stummen Naturgesetzen handelnd, wunderbare Dinge hervorzaubernd, in Wirklich-

keit nur ein höllisches Gaukelspiel im Sinne des Gegensatzes treibt. – Was da die Maske Ophelias trägt, ist kein raumerfüllendes Wesen, – es ist das magische Erinnerungsbild in dem Drechslermeister, das unter metaphysischen Bedingungen, deren Ablauf und Grundlage wir nicht kennen, sich sichtbar und greifbar gemacht hat – vielleicht zu dem teuflischen Zweck, die Kluft, die das Reich der Toten von dem der Lebenden trennt, noch zu erweitern. – Die noch nicht zu reiner kristallisierter Persönlichkeitsform gestaltete Seele der armen hysterischen Näherin hat, aus dem Körper des Mediums gequollen wie eine plastisch knetbare magnetische Masse, die Hülle geborgt, aus der die Sehnsucht des alten Drechslermeisters jenes Phantom schuf. – Das Medusenhaupt, das Symbol der versteinernden Macht des Abwärtsfangens, ist hier am Werke im kleinen, kommt segnend wie Christus zu den Armen, schleicht sich ein wie der Dieb in der Nacht in die Hütten der Menschen.«
Ich blicke auf: der Spuk ist verschwunden, die Näherin röchelt, meine Hände liegen noch auf dem Tisch; die andern haben sie gefaltet. – Mutschelknaus beugt sich zu mir und flüstert: »Sag nicht, daß es meine Tochter Ophelia war, es soll niemand erfahren, daß sie tot ist; sie wissen nur, es war eine Erscheinung eines Wesens aus dem Paradies, das mich lieb hat.«

Wie ein Kommentar zu meinen Erwägungen beginnt da feierlich die Stimme des Mannes mit den langen Haaren; – streng wie ein Oberlehrer richtet er das Wort an mich:

»Danken Sie Pythagoras auf den Knien, junger Mann! Auf Herrn Mutschelknaus' Bitte habe ich mich an ihn durch das Medium gewendet, damit er Sie zu unserer Sitzung zulasse, auf daß Sie von ihren Zweifeln genesen! – – Der geistige Stern Fixtus hat sich im Weltall gelöst und fliegt auf unsere Erde zu. – Die Auferstehung aller Toten ist nahe. – Schon sind die ersten Vorboten auf dem Wege. Sie werden unter uns wandeln die Geister der Abgeschiedenen wie unseresgleichen, und die wilden Tiere werden wieder Gras fressen wie einstens im Garten Eden. – Ist es nicht so? Hat Pythagoras das nicht gesagt?«
Das fette Weib gluckst bejahend.

»Junger Mann, lassen Sie die Eitelkeit der Welt fahren! Ich bin durch ganz Europa gewandert (er deutet auf seine Sandalen) und sage Ihnen: es gibt nicht eine Straße, selbst nicht im kleinsten Dorf, in der heute keine Spiritisten wären. Bald wird sich die Bewegung wie eine Springflut über die ganze Welt ergießen. Die Macht der katholischen Kirche ist gebrochen, denn der Heiland kommt in eigener Gestalt.«

Mutschelknaus und das fette Weib nicken entzückt, – sie haben aus den Worten eine frohe Botschaft herausgehört, die ihrer Sehnsucht Erfüllung verheißt; – mir aber werden sie zur Prophezeiung einer kommenden furchtbaren Zeit.

So wie ich vorhin das Haupt der Meduse in den Augen des Spuks sah, so höre ich jetzt aus dem Munde des Mannes mit den langen Haaren ihre Stimme; das eine wie das andere in die Maske der Erhabenheit gekleidet. Die gespaltene Zunge einer Viper der Finsternis ist es, die da spricht. Sie redet vom Heiland und meint den Satan. Sie sagt: die wilden Tiere werden wieder Gras fressen! – Mit dem Gras meint sie die Arglosen – die große Menge – und mit den wilden Tieren: die Dämonen der Verzweiflung.

Das Furchtbare an der Prophezeiung ist – ich fühle es: daß sie in Erfüllung gehen wird! – Das Furchtbarste: daß sie gemischt ist aus Wahrheit und infernalischer Tücke! Die leeren Masken der Toten werden auferstehen, aber nicht die Heißersehnten, die Hingegangenen, nach denen die Irdischen weinen! Sie werden tanzen kommen zu den Lebenden, aber es wird nicht der Anbruch des tausendjährigen Reiches sein: – ein Ballfest der Hölle soll es werden, ein satanisch frohlockendes Erwarten des Hahnschreis eines nimmerendenden, grausigen kosmischen Aschermittwochs!

»Soll heute schon die Zeit der Verzweiflung für den alten Mann und die andern, die hier sitzen, anbre-

chen? Wünschest du es?« – höre ich es wie stumm fragenden Hohn aus der Stimme der Meduse klingen, »ich will dich nicht hindern, Christopher! Sprich! – Sag ihnen, der du dich meiner Gewalt entronnen glaubst, – sag ihnen, daß du mich gesehen hast in den Pupillen des Phantoms, das ich aus den krebsigen Keimen des verwesenden Seelenkleides jener Nähterin baute und wandeln hieß! – – Sag ihnen doch alles, was du weißt! Ich will dir beistehen, damit sie dir glauben!
Mir kann es recht sein, wenn du besorgen willst, was Pflicht meiner Diener ist. – Sei doch ein Vorbote des großen weißen Dominikaners, der die Wahrheit bringen soll, wie dein braver Ahnherr hofft! – – Sei nur ein Diener der herrlichen Wahrheit, zur Kreuzigung will ich dir gerne verhelfen! – Sag diesen da mutig die Wahrheit; ich freue mich schon zu sehen, wie ›erlöst‹ sie sich fühlen werden!«
Die drei Spiritisten schauen mich an, erwartungsvoll, daß ich dem Mann mit den langen Haaren eine Antwort gebe. Ich gedenke der Stelle in Ophelias Brief, in der sie mich bat, ihrem Ziehvater hilfreich beizustehen, ich zögere: soll ich sagen, was ich weiß? Ein Blick in die vor Seligkeit glänzenden Augen des Alten raubt mir den Mut. Ich bleibe stumm. Was ich bis dahin nur mit flachem Verstande gewußt, so wie Menschenkinder »wissen«, das wühlt jetzt meine ganze Seele auf: die brennende Er-

kenntnis: der furchtbare Riß, der durch die ganze Natur geht, ist nicht nur auf die Erde beschränkt, – der Kampf zwischen Liebe und Haß, der Zwiespalt zwischen Himmel und Hölle reicht bis in die Welt der Abgeschiedenen hinein, weit über das Grab hinaus.

Nur in den Herzen der Lebendiggewordenen im Geiste haben die Toten wahrhaft Ruhe, fühle ich; dort allein ist Rast und Zuflucht für sie; schlafen die Herzen der Menschen, so schlafen auch die Toten darin; wachen die Herzen geistig auf, so werden auch die Toten lebendig und nehmen Teil an der Welt der Erscheinung, ohne der Qual, die dem irdischen Dasein anhaftet, unterworfen zu sein.

Das Bewußtsein der Ohnmacht und gänzlichen Hilflosigkeit ergreift mich, wie ich mir überlege: was soll ich tun, jetzt wo es in meine Hand gegeben ist zu schweigen oder zu reden? – was soll ich später tun als reifer Mann, vielleicht als ein Vollendeter, als ein magisch Vollkommengewordener? Die Zeit steht vor der Tür, wo die Lehre des Mediumismus einer Pestwelle gleich die Menschheit überfluten wird, das fühle ich als Gewißheit. Ich male mir aus: »der Abgrund der Verzweiflung muß die Menschen verschlingen, wenn sie dereinst nach kurzem Taumel des Glücks sehen werden: die Toten, die da den Gräbern entsteigen, lügen, lügen, lügen, ärger als je ein Geschöpf der Erde lügen konnte, – sind

dämonische Scheinwesen, sind Embryos, einer infernalischen Begattung entsprossen!
Welcher Prophet wird dann stark und groß genug sein, ein solches geistiges Ende der Welt aufzuhalten?!« – – –

Mit einemmal, mitten in mein stummes Selbstgespräch hinein, überkommt mich eine seltsame Empfindung: es ist, als würden meine beiden Hände, die immer noch, untätig, auf der Tischplatte ruhen, von Wesen ergriffen, die ich nicht sehen kann; eine neue magnetische Kette hat sich gebildet, ahne ich, – ähnlich wie bei Beginn der Sitzung, nur bin ich jetzt der einzig lebende Teilnehmer.
Die Näherin auf dem Boden richtet sich auf und kommt zum Tisch; ihre Miene ist ruhig, als sei sie vollkommen bei Bewußtsein.
»Es ist Pytha – es ist Pythagoras!« sagt der Mann mit den langen Haaren stockend, aber aus dem wankenden Tonfall seiner Stimme klingt der Zweifel; das normale nüchterne Aussehen des Mediums scheint ihn zu verblüffen.
Die Näherin sieht mich fest an und sagt mit einer tiefen Stimme, wie ein Mann, zu mir:
»Du weißt, daß ich nicht Pythagoras bin!«
Ein schneller Blick in der Runde belehrt mich, daß die andern nicht hören, was sie spricht; der Ausdruck ihrer Gesichter ist leer. Die Näherin nickt

bestätigend: »Ich rede nur zu dir, die Ohren der andern sind taub! Das Reichen der Hände ist ein magischer Prozeß; verbinden sich Hände, die noch nicht geistig lebendig sind, so taucht das Reich des Medusenhauptes aus dem Abgrund der Vergangenheit auf, und die Tiefe speit die Larven der Toten aus; die Kette der lebendigen Hände jedoch ist der Schutzwall, der den Hort des obersten Lichtes beschirmt; die Diener des Medusenhauptes sind unsere Werkzeuge, aber sie wissen es nicht; sie glauben, sie zerstören, aber in Wahrheit schaffen sie Raum der Zukunft; wie Würmer, die das Aas verzehren, zernagen sie den Leichnam der materialistischen Weltanschauung, dessen Fäulnisgeruch die Erde verwesen ließe, wenn sie nicht wären; sie hoffen, ihr Tag bricht an, wenn sie die Gespenster der Toten unter die Menschen schicken! Wir lassen sie freudig gewähren. Sie wollen einen leeren Raum schaffen, der Irrsinn und äußerste Verzweiflung heißt und alles Leben verschlingen soll; aber sie kennen das Gesetz der ›Erfüllung‹ nicht! Sie wissen nicht, daß aus dem Reich des Geistes nur die Quelle der Hilfe springt, wenn die Not da ist.
Und diese Not schaffen sie selber.
Sie tun mehr als wir: sie rufen den neuen Propheten herab. Sie stürzen die alte Kirche und ahnen nicht, daß sie die neue rufen. Sie wollen das Lebendige fressen und fressen nur das Verwesende. Sie wollen

die Hoffnung der Menschen auf das Jenseits vertilgen und vertilgen nur das, was fallen soll. Die alte Kirche ist schwarz geworden und lichtlos, aber der Schatten, den sie in die Zukunft wirft, ist weiß; die vergessene Lehre der ›Lösung mit Leichnam und Schwert‹ wird die Grundlage der neuen Religion sein und das Rüstzeug des geistigen Papstes.
Sorge dich nicht um diesen da« – die Nähterin richtete ihren Blick auf den teilnahmslos vor sich hinschauenden Drechsler – »und auch nicht um seinesgleichen; keiner, der es redlich meint, wandert dem Abgrund zu.«

Den Rest der Nacht habe ich auf der Bank im Garten zugebracht, bis die Sonne kam, froh war ich im Wissen: hier zu meinen Füßen schläft nur die Form meiner Geliebten, sie selbst ist wach wie mein Herz, ist untrennbar mit mir verbunden.
Das Morgenrot stieg aus dem Horizont, Nachtwolken hingen wie schwere, schwarze Vorhänge vom Himmel bis zur Erde herab, orangegelbe und violette Flecken formten ein riesenhaftes Gesicht, dessen starre Züge mich an das Medusenhaupt erinnerten; als wolle es die Sonne verschlingen, schwebte es regungslos lauernd. Das ganze Bild: ein Schweißtuch der Hölle mit dem Antlitz des Satans darin.
Ich habe, ehe die Sonne kam, ihr wie zum Gruß den

Zweig eines Holunderstrauches abgebrochen und, damit er wachsend und gedeihend selber ein Baum würde, ihn in die Erde gesteckt; mir war, als bereicherte ich dadurch die Welt des Lebens.

Noch ehe das große Licht erschien, hatten die ersten Boten seines Glanzes das Medusenhaupt vertilgt; in eine unabsehbare Schar weißer Lämmer verwandelt, trieben die vorher so drohend dunkeln Wolken über den strahlenden Himmel.

12

Jener muß wachsen, ich aber schwinden

Mit diesem Ausspruch Johannis des Täufers auf den Lippen erwachte ich eines Morgens; er hat wie ein Motto meinem Leben vorgestanden von dem Tage an, als ihn meine Zunge sprach, bis zu meinem zweiunddreißigsten Jahre.

»Er wird ein Sonderling wie sein Großvater«, hörte ich die alten Leute raunen, wenn ich ihnen begegnete in der Stadt; »von Monat zu Monat geht es mehr bergab mit ihm.«

»Ein Müßiggänger ist er und stiehlt unserm Herrgott die Tage ab«, murrten die Fleißigen, – »hat ihn schon jemand arbeiten sehen?«

In späteren Jahren, als ich ein Mann geworden war, hatte sich das Gerücht zu der Fama verdichtet: »er hat den bösen Blick, weicht ihm aus; sein Auge bringt Unglück!«, und die alten Weiber auf dem Marktplatz streckten mir die »Gabel« entgegen – Zeigefinger und Mittelfinger gespreizt, um den »Zauber« abzuwehren, oder sie schlugen das Kreuz. –

Dann wieder hieß es, ich sei ein Vampir, ein nur

scheinbar Lebender, der den Kindern im Schlaf das Blut aussaugt; und wenn man am Halse eines Säuglings zwei rote Punkte fand, ging das Gerede, es seien die Spuren meiner Zähne. Viele wollten mich im Traum gesehen haben, halb Wolf, halb Mensch, und liefen schreiend davon, wenn sie mich auf der Straße erblickten. Die Stelle im Garten, wo ich zu sitzen pflegte, galt als verhext und niemand wagte sich am Durchlaß vorbei.

Eine Reihe wundersamer Geschehnisse verlieh den Gerüchten den Anschein, als ob sie auf Wahrheit beruhten.

Einmal, spät abends, lief ein struppiger, großer Hund von raubtierartigem Aussehen, den niemand kannte, aus dem Hause der buckligen Näherin, und die Kinder der Gasse riefen: »Der Werwolf, der Werwolf.«

Ein Mann schlug ihn mit einem Beil auf den Kopf und tötete ihn.

Fast zur selben Zeit hatte mich ein vom Dache fallender Stein am Schädel verletzt, und als ich tags darauf eine Binde um die Stirne trug, hieß es, ich sei jene Nachtmahr gewesen, und die Wunde des Werwolfs hätte sich auf mich übertragen.

Dann wieder begab es sich, daß ein Fremder, ein Landstreicher aus der Umgebung, der für geistesschwach galt, bei hellichtem Mittag auf dem Marktplatz mit allen Anzeichen des Entsetzens die Arme

emporriß, als ich um die Ecke bog, und mit verzerrtem Gesicht, als habe er den Teufel gesehen, tot zu Boden stürzte.
Ein andermal schleppten Gendarmen einen Mann durch die Straßen, der, sich aus Leibeskräften wehrend, immerfort jammerte: »Wie kann ich jemand ermordet haben? Ich habe doch den ganzen Tag in der Scheune geschlafen!«
Ich kam zufällig des Weges; als der Mann mich erblickte, warf er sich zu Boden, deutete auf mich und schrie: »Laßt mich los, dort geht er doch. Er ist wieder lebendig geworden.«

»Sie alle haben das Medusenhaupt in dir gesehen«, sagte mir jedesmal ein Gedanke, so oft sich dergleichen begab, »es wohnt in dir; die es sehen, die sterben, und die es nur fühlen, die entsetzen sich. Du hast das Todhafte, das Todbringende, das in jedem Menschen und auch in dir wohnt, damals gesehen in den Pupillen des Spuks. Der Tod wohnt in den Menschen, darum sehen sie ihn nicht; sie sind nicht ›Christus‹-träger; sie sind Träger des Todes; er höhlt sie aus von innen wie ein Wurm. – Wer ihn aufgestöbert hat wie du, der kann ihn sehen, – dem wird er Gegen›stand‹, dem stellt er sich ent›gegen‹.«
Und wahrlich: die Erde wurde damals von Jahr zu Jahr ein immer dunkleres Tal des Todes für mich.

Wohin ich blickte, überall in Form, in Wort und Klang und Gebärde, als stetig wechselnder Einfluß umgab mich die schreckliche Herrin der Welt: die Meduse mit dem schönen und doch so grausigen Antlitz.

»Das irdische Leben ist das beständige qualvolle Gebären eines jede Sekunde neu entstehenden Todes«; das war die Erkenntnis, die mich Tag und Nacht nicht verließ; »nur um der Offenbarung des Todes willen ist das Leben da«: so war jegliches Denken in mir in das Gegenteil alles menschlichen Empfindens umgekehrt worden.

»Lebenwollen kam mir wie Raub und Diebstahl an meinen Mitwesen vor und das »Nicht-sterben-können« wie der hypnotische Zwang der Meduse: »Ich will, daß du ein Dieb, ein Räuber und ein Mörder bleibst und als solcher auf Erden wandelst.«

Der Satz des Evangeliums: »Wer sein Leben lieb hat, der wird's verlieren, wer's hasset, der wird's erhalten«, begann hell leuchtend für mich aus der Finsternis zu steigen; ich begriff den Sinn: jener, der wachsen muß, das ist der Urahn, ich aber muß schwinden!

Als der Landstreicher auf dem Marktplatz tot umfiel und seine Mienen anfingen starr zu werden, stand ich in der Menge, die ihn umdrängte, und hatte das unheimliche Gefühl, seine Lebenskraft zöge wie ein erfrischender Regenhauch in meinen Körper ein.

Als sei ich in Wirklichkeit ein vampirhafter Blutsauger, hatte ich mich wie schuldbeladen weggeschlichen und trug das häßliche Bewußtsein mit fort: mein Leib erhält sich nur mehr am Leben, indem er es andern stiehlt – er ist eine wandelnde Leiche, die das Grab um sein Recht betrügt; und daß ich nicht lebendig verwese wie ein Lazarus, verhindert nur die fremdartige Kälte meines Herzens und meiner Sinne. – – –

Die Jahre vergingen; ich kann fast sagen: ich merkte es bald nur noch daran, wie das Haar meines Vaters weißer und weißer wurde und seine Gestalt greisenhafter und gebeugter. Um den Leuten keinen Anlaß zum Aberglauben zu geben, ging ich immer seltener aus, bis schließlich die Zeit gekommen war, wo ich jahrelang zu Hause blieb und nicht einmal mehr hinunter zur Gartenbank ging. Ich hatte sie im Geiste hinauf in mein Zimmer getragen, saß stundenlang auf ihr und ließ die Nähe Ophelias mich durchströmen. Das waren die einzigen Stunden, wo das Reich des Todes mir nichts anhaben konnte.

Mein Vater war sonderbar schweigsam geworden; oft vergingen Wochen, ohne daß wir – einen Gruß am Morgen und einen des Abends ausgenommen – ein Wort gewechselt hätten.

Wir hatten uns das Sprechen fast abgewöhnt, aber, als bahnte sich der Gedanke neue Wege der Mitteilung, erriet jeder immer, wenn der andere etwas wünschte. Einmal war ich es, der ihm einen Gegenstand reichte, dann wieder holte er ein Buch vom Bord, blätterte darin und gab es mir, und fast jedesmal fand ich die Stelle aufgeschlagen, mit der ich mich innerlich gerade beschäftigt hatte.
Ich sah ihm an, daß er sich vollkommen glücklich fühlte; zuweilen ruhte sein Blick lange auf mir, und der Ausdruck wunschloser Zufriedenheit lag darin. Manchmal wußten wir beide genau: daß wir uns oft eine Stunde hindurch in den gleichen Gedankengängen bewegten; wir marschierten sozusagen geistig in so genauem Takt nebeneinander, daß schließlich doch die stummen Gedanken zu Worten wurden. – Aber das war dann nicht wie einst, wo »Worte zu früh oder zu spät kamen, aber nie zu rechter Zeit«, – es war vielmehr die Fortsetzung eines Denkprozesses und nicht mehr ein Wegetasten oder ein Anfangsuchen.
Solche Momente sind in meiner Erinnerung so lebendig, daß die ganze Umgebung in den kleinsten Einzelheiten mit wach wird, wenn ich jener Minuten gedenke.
So höre ich die Stimme meines Vaters wieder, Wort um Wort, Klang um Klang, wie ich hier niederschreibe, was er eines Tages sagte, als ich im Geiste

erwogen hatte, was wohl der Zweck meiner seltsamen Erstorbenheit sein möchte:
»Kalt werden müssen wir alle, mein Sohn, aber bei den meisten bringt es das Leben nicht zustande, und da muß es der Tod besorgen. – – Sterben und Sterben ist nicht dasselbe.
Bei manchen Wesen stirbt in der Todesstunde soviel, daß man fast sagen kann: es ist nichts mehr da. Von einigen Menschen bleiben nur die Werke übrig, die sie auf Erden vollbracht haben: ihr Ruhm und ihre Verdienste leben eine Zeitlang fort und in gewissem Sinne seltsamerweise sogar ihre Gestalt, denn man baut ihnen Standbilder. – Wie wenig dabei Gut und Böse eine Rolle spielt, sieht man daran, daß auch die großen Vernichter wie Nero oder Napoleon ihre Denkmäler haben.
Es kommt nur auf das Überragende der Toten an. Von Selbstmördern oder Menschen, die auf gräßliche Weise ums Leben gekommen sind, behaupten die Spiritisten, sie seien für eine bestimmte Dauer an die Erde gebunden; ich neige eher zu der Ansicht, daß es nicht ihre Schemen sind, die da bei mediumistischen Sitzungen oder in Spukhäusern sichtbar und fühlbar werden, sondern vielmehr ihre Ebenbilder mitsamt gewissen Begleiterscheinungen ihres Todes; – so, als ob die magnetische Atmosphäre des Ortes die Vorgänge aufbewahrt und zu Zeiten wieder freigibt.

Viele Merkmale bei den Totenbeschwörungen der alten Griechen, wie z. B. denen des Teiresias, lassen erkennen, daß es so ist.

Die Sterbestunde ist nur der Moment einer Katastrophe, in der alles das wie von einem Sturmwind fortgerissen wird, was im Menschen während der Lebenszeit nicht hat zermürbt werden können. – Man kann auch sagen: der Wurm der Zerstörung zernagt zuerst die weniger wichtigen Organe: das ist das Altern; trifft sein Zahn die Lebenspfeiler, so stürzt das Haus zusammen. Das ist der normale Verlauf.

Ein solches Ende werde ich nehmen, denn mein Körper enthält zu viele Elemente, die alchimistisch zu verwandeln über meine Kraft ging. – Wenn du nicht wärst, mein Sohn, so müßte ich wiederkehren, um in einem neuen Erdendasein die unterbrochene Arbeit zu vollenden.

Es heißt in den Weisheitsbüchern des Ostens: hast du einen Sohn gezeugt, einen Baum gepflanzt und ein Buch geschrieben? Nur dann kannst du das ›große Werk‹ beginnen. –

Um die Wiederkehr zu vermeiden, ließen die Priester und Könige des alten Ägyptens ihre Leiber einbalsamieren; sie wollten verhindern, daß die Erbschaft ihrer Zellen ihnen selbst wieder zufiele und sie zwänge, zu neuer Arbeit auf Erden zurückzukehren.

Irdische Talente, Mängel und Gebrechen, Wissen und Geistesgaben sind Eigenschaften der Körperform und nicht der Seele. – Ich für mein Teil als letzter Ast unseres Stammes habe die Körperzellen meiner Ahnen geerbt; sie gingen über von Geschlecht zu Geschlecht und zuletzt auf mich. – Ich fühle, du denkst dir jetzt, mein Sohn: wie kann das sein? wie können die Körperzellen des Großvaters auf den Vater übergehen, wenn der Erzeuger nicht vor der Geburt des Nachkommen gestorben ist? – Die Vererbung der ›Zellen‹ geschieht anders; sie tritt nicht sogleich bei Zeugung oder Geburt ein und auch nicht auf grobsinnliche Weise, etwa so, als gösse man Wasser aus einem Gefäß in ein anderes. Die bestimmte individuelle Art und Weise, wie sich die Zellen um einen Mittelpunkt herum kristallisieren, vererbt sich, und auch sie geschieht nicht plötzlich, sondern allmählich. Hast du nie bemerkt – es ist eine komische Tatsache, über die viel gelacht wird –, daß alte Junggesellen, die einen Lieblingshund haben, mit der Zeit ihre Ähnlichkeit auf das Tier übertragen? Es geht da ein astrales Wandern der ›Zellen‹ von einem Leib in den andern vor sich: was man lieb hat, dem drückt man den Stempel des eigenen Wesens auf. Die Haustiere sind nur deshalb so bürgerlich klug, weil sich die Zellen der Menschen auf sie übertragen. Je inniger Menschen einander lieben, desto mehr ›Zellen‹ tau-

schen sie aus, desto enger verschmelzen sie miteinander, bis dereinst nach Milliarden von Jahren der Idealzustand erreicht sein wird, daß die gesamte Menschheit ein einziges Wesen, gesammelt aus unzähligen Individuen, bildet. Am selben Tage, als dein Großvater starb, trat ich als sein einziger Sohn das letzte Erbe unseres Stammes an.
Ich habe nicht eine Stunde lang trauern können, so lebendig zog sein ganzes Wesen in mich ein! Für Laien mag es schauerlich klingen, aber ich kann sagen: ich fühlte förmlich, wie von Tag zu Tag sein Körper im Grabe zerfiel, ohne daß ich es als furchtbar oder widerwärtig empfunden hätte; sein Verwesen bedeutete für mich das Freiwerden gebundener Kräfte; wie Ätherwellen gingen sie in mein Blut über.
Wenn du nicht wärst, Christopher, müßte ich wiederkehren, so lange, bis die ›Vorsehung‹ es fügen würde – wenn ich dieses Wort gebrauchen soll –, daß ich selber die Eignung bekäme wie du: ein Wipfel statt eines Astes zu sein.
Du, mein Sohn, wirst die letzten Zellen meiner Form, die ich nicht habe zur Vollendung bringen können, in meiner Sterbestunde erben, und an dir wird es sein, sie zu alchimisieren, zu vergeistigen und mit ihnen unsern ganzen Stamm.
An mir und den Vätern konnte es nicht geschehen, daß wir uns ›mit dem Leichnam lösten‹, denn uns

hat die Herrscherin der Fäulnis nicht so gehaßt, wie sie dich haßt. Nur wen die Meduse haßt und fürchtet zugleich, so wie sie dich haßt und fürchtet, dem kann es gelingen; sie selbst vollbringt an ihm das, was sie verhindern möchte. Wenn die Stunde gekommen ist, wird sie mit so grenzenloser Wut über dich herfallen, um jedes Atom in dir zu verbrennen, daß sie in dir ihr eigenes Spiegelbild mitvernichten wird und auf diese Art das erschaffen wird, was der Mensch aus eigener Kraft niemals vermag: sie wird ein Stück von sich selbst töten und dir dein ewiges Leben bringen; sie wird zum Skorpion, der sich selber ersticht. Dann ist die große Umwandlung da: nicht mehr das Leben gebiert den Tod, sondern der Tod erzeugt das Leben!
Ich sehe mit jubelnder Feude, daß du, mein Sohn, der berufene Wipfel unseres Stammes bist! Du bist kalt geworden in jungen Jahren, wir alle sind warm geblieben trotz Alter und Morschsein. Der Geschlechtstrieb – ob er sich nun offenbart wie bei der Jugend, oder ob er sich versteckt wie beim Greis – ist die Wurzel des Todes; sie auszutilgen, ist das vergebliche Bemühen aller Asketen. Sie sind wie der Sisyphus, der ruhelos einen Felsen den Berg hinaufrollt, um voll Verzweiflung sehen zu müssen, daß er vom Gipfel wieder in die Tiefe stürzt; sie wollen das magische Kaltsein erringen, ohne das es kein Übermenschentum gibt, und fliehen das

Weib; und doch ist es nur das Weib allein, das ihnen Hilfe bringen kann. Das Weibliche, das hier auf Erden vom Manne getrennt ist, muß in ihn einziehen, muß in ihn in eins verschmelzen; dann erst ist alle Sehnsucht des Fleisches gestillt. Erst wenn diese beiden Pole einander decken, dann ist die Ehe – der Ring – geschlossen, dann ist die Kälte da, die in sich selber bestehen bleibt, die magische Kälte, die die Gesetze der Erde zerbricht, die nicht mehr der Gegensatz der Wärme ist, die jenseits liegt von Frost und Hitze und aus der wie aus dem Nichts hervorquillt alles, was die Macht des Geistes gläubig zu erschaffen vermag.
Der Geschlechtstrieb ist das Joch vor dem Triumphwagen der Meduse, an den wir geschirrt sind. Wir Alten haben alle geheiratet, aber ver›ehe‹licht waren wir nicht; du hast nicht geheiratet, aber du bist der einzige, der ver›ehe‹licht ist; darum bist du kalt geworden, wir aber mußten warm bleiben.
Du verstehst, was ich meine, Christopher!«
Ich sprang auf und ergriff mit beiden Händen die Hand meines Vaters; das Leuchten in seinen Augen sagte mir: ich *weiß*.

Es kam der Tag Mariä Himmelfahrt; es ist der Tag, an dem man mich vor zweiunddreißig Jahren als Neugeborenen auf der Schwelle der Kirchentüre gefunden hat.

Wiederum, wie einst im Fieber nach meiner Kahnfahrt mit Ophelia, hörte ich nachts die Türen im Hause gehen, und als ich lauschte, erkannte ich die Schritte meines Vaters, wie er von unten heraufkam und sein Zimmer betrat.
Ein Geruch nach brennenden Wachskerzen und glimmendem Lorbeer drang zu mir herein.
Wohl eine Stunde mochte vergangen sein, da rief seine Stimme leise meinen Namen.
Ich eilte zu ihm in die Stube, von seltsamer Unruhe erfaßt, und sah an den scharfen, tiefen Linien in seinen Wangen und der Blässe seines Gesichtes, daß seine Sterbestunde gekommen war.
Er stand hoch aufgerichtet da, aber mit dem Rücken an die Wand gelehnt, um nicht zu fallen.
Der Anblick, den er bot, war so fremdartig, daß ich eine Sekunde lang geglaubt hatte, ein anderer stünde vor mir.
Er war in einen langen, bis zum Boden reichenden Mantel gehüllt; um die Hüften an einer goldenen Kette hing ihm ein nacktes Schwert.
Ich erriet, daß er beides aus den unteren Stockwerken des Hauses geholt haben mußte.
Die Tischtafel war mit einem schneeweißen Linnen gedeckt, aber nur einige silberne Leuchter mit brennenden Kerzen und ein Räuchergefäß standen darauf.
Ich sah, daß er wankte und mit dem Röcheln seines

Atems kämpfte, wollte zuspringen, um ihn zu stützen, aber er wehrte mich ab mit vorgestreckten Armen:

»Hörst du sie kommen, Christopher?«

Ich lauschte, aber alles blieb totenstill.

»Siehst du, wie die Türe sich öffnet, Christopher?«

Ich blickte hin, aber für meine Augen blieb sie geschlossen.

Wieder schien es, als solle er zusammenbrechen, aber noch einmal richtete er sich hoch auf, und ein Glanz trat in seine Augen, wie ich ihn nie zuvor an ihm gesehen hatte.

»Christopher!« rief er plötzlich mit so eherner Stimme, daß es mir durch Mark und Bein fuhr. »Christopher! Meine Mission ist zu Ende. Ich habe dich erzogen und behütet, wie es mir vorgeschrieben war. Komm her zu mir, ich will dir das Zeichen geben!« Er faßte mich an der Hand und verflocht seine Finger auf eine besondere Weise mit den meinigen. »Auf diese Art«, setzte er leise hinzu, und ich hörte, daß sein Atem wieder zu stocken begann, »hängen die Glieder der großen unsichtbaren Kette zusammen; ohne sie vermagst du wenig; bist du aber eingeschaltet, so kann dir nichts widerstehen, denn bis in die fernsten Räume des Weltalls helfen dir die Mächte unseres Ordens. Höre mich an: Mißtraue allen Gestalten, die dir entgegentreten im Reiche der Magie! Jegliche Form können die

Mächte der Finsternis vortäuschen, sogar die unseres Meisters; auch den Griff, den ich dir gezeigt habe, können sie äußerlich nachahmen, um dich irre zu führen, aber zugleich unsichtbar bleiben – das können sie nicht. Würden sie versuchen, als Unsichtbare sich einzugliedern in unsere Kette: im selben Moment wären sie in Atome zerfetzt!« Er wiederholte das Handzeichen. »Merke dir ihn gut, den Griff! Wenn sich dir eine Erscheinung aus der andern Welt naht, und solltest du sogar glauben, ich sei es: immer verlange den Griff! Die Welt der Magie ist voll von Gefahren.«
Die letzten Worte gingen in ein Röcheln über, ein Schleier legte sich über den Blick meines Vaters, und er ließ das Kinn auf die Brust sinken.
Dann stand sein Atem plötzlich still; ich fing ihn in meinen Armen auf, trug ihn behutsam auf sein Lager und hielt die Totenwacht, bis die Sonne kam, seine rechte Hand in der meinigen, die Finger zum »Griff« gefügt, wie er es mich gelehrt hatte.

Auf dem Tisch fand ich einen Zettel, darauf stand: »Laß meinen Leichnam begraben mit Ornat und Schwert neben meiner lieben Frau! Der Kaplan soll eine Messe lesen. Nicht meinetwegen, denn ich lebe, aber um seiner Beruhigung willen: er war mir ein treu besorgter Freund.«
Ich nahm das Schwert und betrachtete es lange. Es

war aus Roteisenerz, dem sogenannten »Blutstein«, wie man ihn häufig auf Siegelringen sieht, gefertigt, anscheinend asiatische Arbeit und uralt. Der Griff, rötlich und matt, war dem Oberkörper eines Menschen mit höchster Kunst nachgeahmt. Die abwärts gesteckten, halb ausgebreiteten Arme bildeten die Parierstange, der Kopf war der Knauf. Das Gesicht trug unverkennbar mongolischen Typus und war das eines sehr alten Mannes mit schütterem, langem Bart, wie man es auf den Bildern chinesischer Heiligen sieht. Auf dem Haupte trug er eine seltsam geformte Ohrenklappe. Die Beine, nur durch Gravierung angedeutet, liefen in die glänzend geschliffene Klinge aus. Das Ganze war aus einem einzigen Stück gegossen oder geschmiedet.
Ich hatte ein unbeschreiblich seltsames Gefühl, als ich es in der Hand hielt, eine Empfindung, als gingen Ströme des Lebens von ihm aus.
Voll Scheu und Ehrfurcht legte ich es wieder neben den Toten.
Vielleicht ist es eines jener Schwerter, von denen die Legende berichtet, es sei einst ein Mensch gewesen, sagte ich mir.

13

Gegrüßt seist Du, Königin der Barmherzigkeit

Wieder sind Monate verflossen.
Die bösen Gerüchte über mich sind längst verstummt; die Leute in der Stadt halten mich wahrscheinlich für einen Fremden; sie beachten mich kaum, so lange habe ich wie ein Eremit zusammen mit meinem Vater hoch da oben unter dem Dache gehaust, fern von jeder Berührung mit ihnen.
Wenn ich mir jene Zeit vergegenwärtige, kann ich unmöglich glauben, daß sich tatsächlich mein Reifen vom Jüngling zum Manne nur innerhalb unserer vier Wände und so ganz und gar von der Außenwelt abgeschlossen vollzogen haben sollte.
Gewisse Einzelheiten, wie zum Beispiel der Umstand, daß ich mir neue Kleider, Schuhe, Wäsche und dergleichen doch wohl irgendwo in der Stadt besorgt haben mußte, lassen mich schließen: meine innere Abgestorbenheit damals war so tief gewesen, daß alltägliche Geschehnisse an meinem Bewußtsein vollkommen eindruckslos vorübergegangen sind.

Als ich am Morgen nach dem Tode meines Vaters
– wie ich glaubte: zum erstenmal wieder – die
Straße betrat, um die nötigen Vorbereitungen zum
Begräbnis zu treffen, staunte ich, wie sich alles verändert hatte: ein schmiedeeisernes Gitter schloß
den Zugang zu unserem Garten ab; durch die Stäbe
hindurch sah ich einen großen Holunderbaum
dort, wo ich einst das Reis gepflanzt hatte; die
Bank war verschwunden, und an ihrer Stelle stand
auf hohem Marmorsockel die vergoldete Statue
der Mutter Gottes, übersät von Kränzen und Blumen.
Ich konnte mir den Grund dieser Veränderung
nicht erklären, aber es berührte mich wie ein weihe-
volles Wunder, daß den Ort, wo meine Ophelia
bestattet lag, jetzt ein Standbild der Maria
schmückte.
Als ich später den Kaplan traf, erkannte ich ihn
kaum, so alt schien er geworden. Mein Vater hatte
ihn bisweilen besucht und mir jedesmal Grüße von
ihm ausgerichtet, aber gesehen hatte ich ihn jahrelang nicht mehr.
Auch war er sehr erstaunt gewesen, als er mich
erblickte, hatte mich verwundert betrachtet und
nicht glauben wollen, daß ich es sei.
»Der alte Herr Baron hatte mich gebeten, nicht in
sein Haus zu kommen«, erklärte er mir, »er sagte,
es sei nötig, daß Sie einsam blieben eine bestimmte

Reihe von Jahren. Ich habe seinen mir unverständlichen Wunsch getreulich respektiert.«
Ich kam mir vor wie jemand, der nach langer, langer Abwesenheit wieder in seine Geburtsstadt zurückgekehrt ist; – ich begegnete erwachsenen Menschen, die ich als Kinder gekannt hatte; ernste Mienen sah ich, wo früher ein jugendfrohes Lächeln gewesen; blühende Mädchen waren sorgenvolle Ehefrauen geworden.
Ich kann nicht sagen, daß das Gefühl des inneren Erstarrtseins mich damals verlassen gehabt hätte, es war nur etwas hinzu gekommen, wenn auch nur eine dünne angeflogene Schicht, was mich die Umwelt wieder mit mehr menschlichem Auge sehen ließ; ich erklärte es mir als den Hauch animalischer Lebenskraft, der von meinem Vater wie ein Vermächtnis auf mich übergegangen war.
Als hätte der Kaplan diesen Einfluß instinktiv empfunden, faßte er bald eine große Zuneigung zu mir und kam mich öfter des Abends besuchen. »Immer, wenn ich in Ihrer Nähe bin«, sagte er, »ist mir, als säße mein alter Freund vor mir.«
Bei Gelegenheit erzählte er mir ausführlich, was sich die Jahre über in der Stadt begeben hatte.
Ich rufe eine solche Spanne Zeit wieder in die Gegenwart zurück:
»Erinnern Sie sich noch, Christopher, daß Sie mir einst als kleiner Junge sagten, der weiße Dominika-

ner hätte Ihnen die Beichte abgenommen? Ich wußte anfangs nicht recht, ob Ihnen Ihre Phantasie nicht einen Streich gespielt hätte, denn, was Sie mir erzählten, überstieg meine Glaubenskraft. Ich schwankte lange zwischen Zweifeln und der Annahme, es könne sich um einen Fall von Teufelsspuk oder von Besessenheit – wenn Ihnen das besser klingt – handeln. Heute freilich, wo so Unerhörtes geschehen ist, gibt es für mich nur eine Erklärung: wir gehen hier in unserer Stadt einer Zeit der Wunder entgegen!«

»Was ist denn alles vorgefallen?« fragte ich, »ich war ein halbes Menschenleben lang, wie Sie wissen, von der Welt wie abgeschnitten.«

Der Kaplan überlegte. »Es ist am besten, ich berühre gleich die letzten Epochen; ich wüßte sonst nicht, wo beginnen. Also: es fing damit an, daß immer mehr Leute behaupteten, sie hätten um Neumond den gewissen weißen Schatten, den unsere Kirche der Sage nach bisweilen werfen soll, mit eigenen Augen gesehen. Ich trat dem Gerücht entgegen, wo ich konnte, bis ich selbst – ja, ich selbst! – Zeuge der Tatsache wurde. Aber, gehen wir weiter; es erschüttert mich immer aufs tiefste, wenn ich darauf zu sprechen komme. Genug: ich sah den ›Dominikaner‹ selbst! Ersparen Sie mir die Schilderung; was ich erlebt habe, ist für mich das Heiligste, was ich mir denken kann.«

»Halten Sie den Dominikaner für einen Menschen, der über besondere Kräfte verfügt, oder glauben Sie, Hochwürden, er sei – etwas der Art, wie eine Geistererscheinung?«

Der Kaplan zögerte. »Offen gestanden: ich weiß es nicht! Er erschien mir in dem Ornat eines Papstes. Ich glaube – ja, ich glaube fest: es war ein Hellgesicht in die Zukunft hinein; ich hatte eine Vision des kommenden großen Papstes gehabt, der ›flos florum‹ heißen wird. Bitte, fragen Sie mich nicht weiter! Später entstand das Gerede, der Drechslermeister Mutschelknaus hätte aus Gram darüber, daß seine Tochter verschollen ist, den Verstand verloren. Ich ging der Sache nach und wollte ihn trösten: Aber – er tröstete mich. Ich sah sehr bald, daß ich einen Begnadeten vor mir hatte! Heute wissen wir ja alle, daß er ein Wundertäter ist.«

»Der Drechslermeister ein Wundertäter?!« fragte ich erstaunt.

»Ja wissen Sie denn nicht, daß unsere kleine Stadt auf dem besten Wege ist, ein Wallfahrtsort zu werden!« rief der Kaplan verblüfft, »Mensch, haben Sie die ganze Zeit über geschlafen, wie der Mönch von Heisterbach? Haben Sie denn das Muttergottesbild unten im Garten nicht gesehen?«

»Ja, ich kenne es«, gab ich zu, »aber welche Bewandtnis hat es damit? – Ich habe bis jetzt nicht bemerkt, daß viele Leute hingepilgert wären!«

»Das kommt daher«, erklärte der Kaplan, »weil zurzeit der alte Mutschelknaus durchs Land wandert und durch Auflegen der Hände Kranke heilt. In Scharen ziehen ihm die Menschen nach; das ist auch der Grund, weshalb die Stadt gegenwärtig wie ausgestorben ist. Morgen zum Marienfest kommt er wieder in die Stadt.«
»Hat er Ihnen nie erzählt, daß er spiritistischen Sitzungen beiwohnt?« fragte ich vorsichtig.
»Nur ganz im Anfang war er Spiritist, jetzt hält er sich fern davon. Ich glaube, es war ein Übergangsstadium für ihn. Daß sich die Sekte enorm verbreitet hat, ist ja leider der Fall. Ich sage: ›leider‹; muß es wohl sagen, denn wie vertrügen sich die Lehren dieser Leute mit denen der Kirche! Anderseits frage ich mich: was ist besser, die Pest des Materialismus, die über die Menschheit gekommen ist, oder dieser fanatische Glaube, der da urplötzlich aus dem Boden wächst und alles zu verschlingen droht? Man steht da wirklich zwischen Scylla und Charybdis.«
Der Kaplan sah mich fragend an und schien eine Antwort von mir zu erwarten; ich schwieg – ich mußte wieder an das Medusenhaupt denken.
»Eines Tages rief man mich aus der Pfarrei«, fuhr er fort. »›Der alte Mutschelknaus zieht durch die Straßen; er hat einen Toten auferweckt!‹ schrie alles aufgeregt durcheinander. Ein höchst seltsames Geschehnis hatte sich ereignet. Der Leichenwagen

war durch die Stadt gefahren, da hatte der Alte dem Kutscher befohlen, zu halten. ›Hebt den Sarg heraus!‹ befahl er mit lauter Stimme. Wie unter einer Suggestion stehend, gehorchten die Leute ohne Widerspruch. Dann schraubte er selber den Deckel auf. Die Leiche des Krüppels, den Sie ja kennen – er lief als Kind immer mit seinen Krücken vor den Hochzeitszügen her – lag darin. Der Alte beugte sich über ihn und sagte wie einst Jesus: ›Stehe auf und wandle!‹ – Und – und« – der Kaplan schluchzte vor Rührung und Ergriffenheit, »und der Krüppel erwachte aus dem Todesschlaf! Ich habe dann den alten Mutschelknaus gefragt, wie alles das denn zugegangen sei. Sie müssen wissen, Christopher, daß es fast unmöglich ist, etwas aus ihm herauszubekommen; er befindet sich beinahe ununterbrochen in einem Zustand der Verzückung, der sich von Monat zu Monat immer mehr vertieft. Heute gibt er überhaupt keine Antwort auf Fragen mehr. Damals gelang es mir noch, einiges von ihm zu erfahren. ›Die Mutter Gottes ist mir erschienen‹, sagte er, als ich in ihn drang, ›sie ist aus der Erde gestiegen vor der Bank im Garten, wo der Holunderbaum steht.‹ Und als ich ihm zuredete, mir doch zu schildern, wie die Heilige ausgesehen habe, sagte er mit einem seltsam stillseligen Lächeln: ›Genau wie meine Ophelia.‹ ›Und wie sind Sie auf den Einfall gekommen, den Totenwagen halten zu lassen, lieber Mutschelknaus?‹ hatte ich weiter geforscht; ›hat es Ihnen die Mutter Gottes befohlen?‹ ›Nein, ich habe gewußt, daß der Krüppel nur scheintot war.‹ ›Wie konnten Sie das denn wissen? Nicht einmal der Arzt hat es gewußt!‹ ›Ich habe es gewußt, weil ich selber einmal hätte lebendig begraben werden sollen‹, war die seltsame Antwort des Alten; das Unlogische in seiner Erklärung konnte ich ihm nicht begreiflich machen. ›Was man an sich selbst erlebt hat, das weiß man bei anderen. Es war eine Gnade, die mir die Jungfrau Maria erwiesen hat, daß man mich als Kind lebendig hat begraben lassen wollen; sonst hätte ich nie wissen können, daß der Krüppel nur scheintot war‹, wiederholte er in allen möglichen Varianten, aber nie auf den Kernpunkt der Sache eingehend, als ich Genaues erfahren wollte; wir redeten aneinander vorbei.«

»Und was wurde aus dem Krüppel?« fragte ich den Kaplan. »Lebt er noch?«

»Nein, das ist das Sonderbare – der Tod hat ihn noch in derselben Stunde ereilt. Zufolge des Geschreies der Menge wurde ein Wagenpferd scheu, raste über den Marktplatz, warf den Krüppel zu Boden, und das Rad zerbrach ihm die Wirbelsäule.«

Noch von vielen merkwürdigen Heilungen des Drechslermeisters erzählte mir der Kaplan; er schilderte in beredten Worten, wie die Nachricht

von der Erscheinung der Mutter Gottes sich über das ganze Land verbreitet hatte, trotz Hohn und Spottreden der sogenannten Aufgeklärten, wie sich fromme Legenden gebildet und daß schließlich der Holunderbaum im Garten zum Mittelpunkt aller Wunder geworden war.
Hunderte, die ihn berührt haben, seien genesen, Tausende, innerlich Abgefallene, reuig zum Glauben zurückgekehrt.
Ich hörte nur mehr mit halber Aufmerksamkeit zu; mir war, als sähe ich durch eine Lupe die winzigen und doch so allgewaltigen Triebräder des geistigen Weltgeschehens ineinandergreifen. Der Krüppel, durch ein Wunder in derselben Stunde zum Leben erweckt und gleich darauf wieder dem Tode überliefert – konnte es ein offenkundigeres Wahrzeichen geben, daß hier eine blinde, selber krüppelhafte und dennoch erstaunlich wirkungsvolle, unsichtbare Macht am Werke gewesen war? Und dann der Ausspruch des Drechslermeisters! Äußerlich kindisch und unlogisch, innerlich betrachtet: einen Abgrund von Weisheit erschließend. Und auf welch wunderbar einfache Weise der Alte den Fallstricken der Meduse – den Irrlichtern des Spiritismus – entronnen war: Ophelia, das Idealbild, an das er seine ganze Seele gehängt, ist für ihn die gnadenspendende Heilige geworden, ein Teil seiner selbst, aus ihm herausgetreten, lohnt ihm

tausendfältig alle dargebrachten Opfer, tut Wunder, erleuchtet ihn, zieht ihn zum Himmel empor und wird ihm sichtbar als die Gottheit! Die Seele ein Lohn ihrer selbst! Die Reinheit des Herzens: eine Führerin zum Übermenschentum – die Trägerin aller Heilkraft. Und wie ein geistiges Kontagium überträgt sich sein lebendig und formgewordener Glaube sogar auf die stummen Geschöpfe des Pflanzenreiches: der Holunderbaum läßt Kranke genesen. Aber noch sind da gewisse Rätsel, deren Lösung ich nur dunkel raten kann: warum ist es der Ort, wo Ophelias Gebeine ruhen, von dem die Kraft ihren Ausgang nimmt, und nicht ein beliebig anderer? Warum ist der Baum, den ich gepflanzt habe mit dem innerlichen Gefühl, die Welt des Lebens dadurch zu bereichern, warum ist gerade er auserwählt, ein Mittelpunkt überirdischen Geschehens zu sein? Daß die Verwandlung Ophelias zur Mutter Gottes sich auf dieselbe magisch-gesetzmäßige Weise vollzogen haben mußte, wie einstmals ähnlich in der spiritistischen Sitzung, stand für mich außer Zweifel. Wo aber bleibt der todbringende Einfluß des Medusenhauptes? fragte ich mich. Sollte Satan und Gott, philosophisch besehen, als letzte aller Wahrheiten und Paradoxen ein und dasselbe sein – Zerstörer und Erbauer das gleiche?

»Halten Sie es von Ihrem Standpunkt als katholischer Geistlicher für möglich, Hochwürden, daß der Teufel die Gestalt einer heiligen Person annehmen kann, etwa die Jesu oder der Maria?«

Einen Augenblick sah mich der Kaplan starr an, dann verschloß er sich mit den Handflächen die Ohren und rief: »Hören Sie auf, Christopher! Diese Frage hat Ihnen der Geist Ihres Vaters eingegeben. Lassen Sie mir meinen Glauben! Ich bin zu alt, um solche Erschütterungen noch zu vertragen. Ich will in dem Glauben an die Göttlichkeit der Wunder, die ich gesehen und gegriffen habe, einst ruhig sterben können. Nein, sage ich Ihnen, nein und abermals nein: mag der Teufel alle Gestalten annehmen können – vor der heiligen Jungfrau und ihrem und Gottes Sohn muß er halt machen!«
Ich nickte und schwieg; der Mund war mir geschlossen. Wie damals in der »Sitzung«, als ich innerlich die höhnischen Worte des Medusenhauptes hörte: »Sag ihnen doch alles, was du weißt!« Ja, es bedarf eines großen kommenden Führers, der vollendeter Herr ist über das Wort und es gebrauchen kann, um die Wahrheit zu enthüllen, ohne die zu töten, die es hören: sonst wird alle Religion nur ein scheintoter Krüppel bleiben – fühle ich.

Am nächsten Morgen weckte mich in aller Frühe das Läuten der Glocken von den Türmen! und ich hörte gedämpften Chorgesang, aus dem eine verhaltene wilde Erregung klang, immer näher kommen:

»Maria, du Gebenedeite unter den Weibern!«

Ein unheimliches Brummen ging durch die Mauern des Hauses, als würden die Steine lebendig und begännen auf ihre Weise in den Gesang einzustimmen.

Früher war es das Surren der Drehbank, das den Durchlaß erfüllte – jetzt ist die Qual der Arbeit schlafen gegangen, und wie ein Echo erwacht in der Erde die Hymne der Gottesmutter, dachte ich bei mir, als ich die Treppe hinunterstieg.

Ich stand im Haustor, und an mir vorbei zog, voran der alte Mutschelknaus, eine dichtgedrängte, ganze Berge von Blumen tragende Menge festlich gekleideter Menschen durch die schmale Gasse.

»Heilige Maria, bitt für uns!«

»Gegrüßt seist du, Königin der Barmherzigkeit!«

Der Alte war bloßfüßig und barhaupt, sein Kleid das eines wandernden Mönches, einst weiß gewesen, jetzt ärmlich und mit zahlreichen Flicken besetzt, sein Gang unsicher und tastend wie der eines blinden Greises.

Sein Blick streifte mich, blieb eine Sekunde lang an meinem Gesicht haften, aber keine Spur des Erkennens oder der Erinnerung war darin zu lesen; seine Augachsen standen parallel, als sähe er durch mich und die Mauern hindurch tief hinein in eine andere Welt.

So ging er langsamen Schrittes, mehr gezogen, so schien es mir, von einer unsichtbaren Macht, als aus eigenem Impulse, zu dem eisernen Gitter, das den Garten abschloß, öffnete es und trat zu der Marienstatue.

Ich mischte mich unter die Menge, die ihm in ehrfurchtsvoller Entfernung scheu zögernd nachdrängte und vor dem Gitter halt machte. Das Singen wurde leiser und leiser, aber eine beständig von Minute zu Minute sich steigernde Erregung wuchs darin. Bald war es nur mehr ein wortloses Vibrieren von Tönen; eine unbeschreibliche Spannung lag in der Luft.

Ich hatte mich auf einen Mauervorsprung geschwungen, von dem aus ich alles genau übersehen konnte.

Der Alte stand lange regungslos vor der Statue. Es war ein unheimlicher Anblick; ich hatte die seltsame Empfindung: wer von beiden wird zuerst lebendig werden! Eine gewisse dumpfe Angst, ähnlich wie einstmals in der Spiritistensitzung, überfiel mich, und wieder hörte ich die Stimme Ophelias in meinem Herzen: »Sei auf deiner Hut!«

Gleich darauf sah ich, daß sich der weiße Bart des Alten zitternd bewegte, und aus dem Zucken seiner Lippen erriet ich, daß er mit der Statue sprach. In

der Menge hinter mir trat plötzlich Totenstille ein, auch der halblaute Gesang der Nachdrängenden verstummte wie auf ein gegebenes Zeichen.
Ein leises, rhythmisch sich wiederholendes Klirren war das einzige Geräusch, das übrig blieb.
Ich suchte mit den Augen den Ort, woher es kam: scheu in eine Mauernische gedrückt, als verberge er sich vor dem Blicke des Drechslermeisters, stand dort ein fetter alter Mann, auf dem kahlen Schädel einen Lorbeerkranz, mit der einen Hand halb das Gesicht verdeckend, die andere weit vorgestreckt, eine große Blechbüchse haltend. Neben ihm in schwarzem Seidenkleid, bis zur Unkenntlichkeit geschminkt: Frau Aglaja.
Die Trinkernase, unförmlich und blau geworden, die Augen hinter Fettwülsten, kaum mehr sichtbar – kein Zweifel: es war der Schauspieler Paris. Er sammelte Geld ein von den Wallfahrern, und Frau Mutschelknaus half ihm dabei; ich sah, wie sie sich von Zeit zu Zeit hastig vorbeugte, scheu nach ihrem Gatten spähte, als fürchte sie, von ihm entdeckt zu werden, und den Leuten etwas zuflüsterte, die gleich darauf mechanisch in die Taschen griffen und, ohne den Blick vom Muttergottesbilde zu wenden, Münzen in die Blechbüchse warfen.
Ein wilder Zorn ergriff mich, und ich bohrte meine Augen in das Gesicht des Komödianten; gleich darauf begegneten sich unsere Blicke, und ich sah, wie

sein Kinn herabsank und die Züge aschgrau wurden, als er mich erkannte. Vor Schreck fiel ihm beinahe der Opferstock aus der Hand.
Von Ekel erfaßt wandte ich mich ab.

»Sie bewegt sich! – Sie spricht! – Heilige Maria, bitt für uns! – Sie redet mit ihm! Da! Da! – Sie neigt den Kopf!« lief es plötzlich, ein heiseres, kaum verständliches, wie von Schauern jähen Entsetzens ersticktes Murmeln, von einem blassen Mund zum andern durch die Menge. »Da! Da! Jetzt wieder!« Ich glaubte, jeden Augenblick müsse ein einziger geller Schrei sich von den vielen hundert lebenden Lippen lösen und die furchtbare Spannung zerreißen, aber alle blieben wie gelähmt; nur hier und da hörte ich ein vereinzeltes irres Lallen: bitt für uns! Ich fürchtete, ein Tumult werde losbrechen; statt dessen sank die Menge nur um Kopfeslänge zusammen. Sie wollte in die Knie fallen, aber die Menschen standen zu eng aneinander gedrängt. Viele hatten die Augen geschlossen, sie waren ohnmächtig geworden, aber sie konnten nicht niederstürzen, sie waren wie eingekeilt; in ihrer Totenblässe sahen sie aus wie Leichen, die, aufrecht stehend unter den Lebenden, auf ein Wunder warteten, das sie auferweckte. Die Atmosphäre war so magnetisch erstickend geworden, daß ich das Einatmen der Luft wie das Würgen unsichtbarer Hände empfand.

Ein Schlottern ging mir durch den ganzen Körper, als wolle sich das Fleisch von den Knochen lösen; um nicht kopfüber von dem Mauervorsprung herabzufallen, klammerte ich mich an ein Fenstersims.
Der Alte sprach mit schnell sich bewegenden Lippen; ich konnte es deutlich sehen; sein abgezehrtes Gesicht leuchtete wie in jugendlichem Rot, von dem Strahlen der aufgehenden Sonne übergossen. Dann wieder hielt er plötzlich inne, als habe er einen Zuruf aufgefangen, mit offenem Munde angestrengt lauschend und die Augen fest auf die Statue gerichtet, nickte mit verklärten Mienen, gab schnell eine leise Antwort, horchte abermals und hob zuweilen freudig erregt die Arme.
Immer, wenn er den Kopf lauschend vorstreckte, ging ein gurgelndes Raunen, ein Röcheln mehr als ein Flüstern, durch die Menge: »Da! Da! – Sie bewegt sich! Da! Jetzt! – Sie hat genickt!« –, aber niemand drängte sich vor; eher ein entsetztes Zurückweichen wie vor Luftschlägen.
Ich faßte das Mienenspiel des Alten so scharf ins Auge, wie ich nur konnte: ich wollte von seinem Munde ablesen, was er sprach. Ich hoffte insgeheim – ich wußte nicht weshalb – den Namen Ophelia zu hören oder zu erraten. Aber immer nur nach langen, mir unverständlichen Sätzen formten seine Lippen ein Wort wie: »Maria«.
Da! Es erschütterte mich wie ein Blitzschlag:

die Statue hatte lächelnd das Haupt geneigt.
Nicht nur sie allein, sogar ihr Schatten auf dem hellen Sand hatte die Bewegung mitgemacht!
Vergeblich sagte ich mir vor: es ist eine Sinnestäuschung, die Bewegungen des Alten haben sich in meinen Augen unwillkürlich auf das Bild übertragen, haben den Anschein erweckt, als sei die Statue lebendig geworden.
Ich blickte weg, fest entschlossen, Herr meines klaren Bewußtseins zu bleiben, sah wieder hin: die Statue sprach! Beugte sich herab zu dem Alten! Es war kein Zweifel mehr!
»Sei auf deiner Hut« – was half es, daß ich mich an die innere Warnung mit aller Kraft erinnerte! Was half es, daß ich deutlich in meinem Herzen fühlte: das gestaltlose, mir so unendlich teure Etwas, von dem ich weiß: es ist die immerwährende Nähe meiner Heißgeliebten, bäumt sich auf, will das Äußerste wagen und Form erkämpfen, um schützend mit ausgebreiteten Armen vor mich hintreten zu können! Ein magnetischer Wirbel, machtvoller als all mein Wille, begann mich zu umkreisen: alles, was an Religiosität und Frömmigkeit in meiner Kindheit in mich und ins geerbte Blut eingegangen war und wie tot gelegen, brach los, Zelle um Zelle; ein geistiger Sturm in meinem Körper fing an gegen meine Kniekehlen zu hämmern: »Ich will, daß du niederfällst und mich anbetest!«

»Es ist das Medusenhaupt«, sagte ich mir, aber ich fühlte zugleich, daß alle Vernunft hier zerschellte. Da nahm ich meine Zuflucht zum letzten Mittel: »Widerstehet nicht dem Übel!« Ich leistete keinen Widerstand mehr, ließ mich versinken in den Abgrund vollkommenen Willensverzichtes. So schwach wurde ich in diesem Augenblick, daß sogar mein Körper davon ergriffen wurde; meine Hände ließen den Halt los, und ich fiel auf die Köpfe und Schultern der Menge herab.

Wie ich dann zurückgekommen bin in das Tor meines Hauses, weiß ich nicht mehr. Die Einzelheiten absonderlicher Geschehnisse solcher Art gleiten oft an unserem Wahrnehmungsvermögen ab oder gehen hindurch ohne Spuren der Erinnerung.

Ich muß wohl wie eine Raupe über die Köpfe der enggedrängt stehenden Wallfahrer hinweggekrochen sein! Ich weiß nur, ich stand schließlich in die Tornische gedrückt, außerstande, mich vor- oder rückwärts zu bewegen, aber der Anblick der Statue war mir entzogen und ich somit dem Zauber ihres Einflusses entrückt: der magnetische Strom der Menge floß an mir vorbei.

»Zur Kirche!« erscholl dann ein Ruf vom Garten her, und ich glaubte die Stimme des Alten zu erkennen: »Zur Kirche!«

»Zur Kirche! Zur Kirche!« pflanzte es sich fort von Mund zu Mund. »Zur Kirche! Maria hat es befoh-

len!« und wurde alsbald zu einem erlösenden vielstimmigen Schrei, der die Spannung zerriß.
Der Bann wich; Schritt für Schritt, langsam wie ein riesiges Fabeltier mit hundert Füßen, das seinen Kopf aus einer Schlinge befreit, zog sich die Menge rücklings aus dem Durchlaß.
Die letzten hatten den Alten umringt, drängten an mir vorbei, rissen ihm Stücke aus dem Gewand, bis er fast nackt war, küßten sie, bargen sie wie Reliquien.
Als es menschenleer geworden war, ging ich über den fußhoch mit zertretenen Blumen bedeckten Durchlaß zu dem Holunderbaum.
Noch einmal wollte ich den Ort berühren, wo die Gebeine meiner Geliebten ruhten. Ich fühlte deutlich: es ist das letztemal.
»Kann es denn nicht sein, daß ich dich wiedersehe, Ophelia?! Nur ein einzigesmal!« flehte ich in mein Herz hinein. »Ein einzigesmal nur möchte ich wieder dein Antlitz sehen!«
Eine Luftwelle trug aus der Stadt her: »Gegrüßt seist du, Königin der Barmherzigkeit.«
Unwillkürlich hob ich den Kopf.
Ein Licht von unsagbarer Helle verschlang die Statue vor mir.
Den winzigen Teil eines Augenblicks lang, so kurz, daß mir ein Herzschlag dagegen wie ein Menschenleben dünkt, war sie in Ophelia verwandelt und

lächelte mich an, dann glänzte wieder starr und unbeweglich das goldene Gesicht des Marienbildes in der Sonne.
Ich hatte einen Blick in die ewige Gegenwart getan, die für Sterbliche nur ein leeres, unfaßbares Wort ist.

14

Die Auferstehung des Schwertes

Unvergeßlich sind mir die Eindrücke, die ich empfand, als ich eines Tages daranging, den Nachlaß meines Vaters und unserer Vorfahren zu besichtigen.
Stockwerk für Stockwerk nahm ich in Augenschein: mir war, als stiege ich hinab von Jahrhundert zu Jahrhundert bis tief ins Mittelalter hinein.
Kunstvoll eingelegte Möbel, die Schubladen voll Spitzentücher; blinde Spiegel in schimmernden Goldrahmen, aus denen ich mir entgegenblickte, grünlich milchig wie ein Gespenst; dunkelgewordene Porträts von Männern und Frauen in altertümlichen Gewändern, der Typus wechselnd, wie er der Zeit eigentümlich gewesen, und doch immer eine gewisse Familienähnlichkeit in allen Gesichtern, die manchmal abzunehmen schien, von Blond überging ins Brünette, um dann plötzlich wieder in voller Ursprünglichkeit hervorzubrechen, als habe der Stamm sich seines Wesens erinnert.
Goldene, juwelengeschmückte Dosen, einige noch Spuren von Schnupftabak enthaltend, als seien sie

gestern noch in Gebrauch gewesen; Perlmutterfächer, seidene, zerschlissene, fremdartig geformte Stöckelschuhe, denen ich im Geiste, als ich sie nebeneinanderstellte, jugendliche weibliche Gestalten entsteigen sah: die Mütter und Frauen unserer Ahnen; Stäbe mit gelbgewordenen Elfenbeinschnitzereien; Ringe mit unserem Wappen, bald winzig eng, wie für Kinderfinger bestimmt, dann wieder solche von einer Größe, als hätten Riesen sie getragen; Spinnrocken, daran das Werg durch das Alter so dünn geworden war, daß es unter dem Hauch eines Atems zerfiel.
In manchen Zimmern lag der feine Staub so hoch, daß ich bis zu den Knöcheln darin waten mußte und Wulste sich anhäuften, wenn ich die Türen öffnete; aus meinen Fußtapfen leuchteten Blumenornamente und Tiergesichter auf, wie ich mit meinen Schritten die Teppichmuster bloßlegte.
Die Betrachtung all dieser Sachen nahm mich derart gefangen, daß ich wochenlang damit zubrachte und zuweilen dem Bewußtsein, es lebten noch Menschen außer mir auf dieser Erde, völlig entrückt war.
Als halbwüchsiger Junge hatte ich einst bei einem Schulausflug das kleine Museum unserer Stadt besucht, und ich weiß noch, welche Abspannung und Müdigkeit uns befallen hatte, als wir die vielen altertümlichen, uns innerlich so fremden Gegenstän-

de besichtigten; wie gänzlich anders war das hier! Jedes Ding, das ich in die Hand nahm, wollte mir erzählen; ein eigentümliches Leben ging von ihm aus: Vergangenheit meines eigenen Blutes hing daran und wurde mir zu seltsamem Gemisch aus Gegenwart und Einst. – Menschen, deren Knochen längst in Gräbern moderten, hatten hier geatmet. Voreltern, deren Leben ich in mir trug, in diesen Räumen gewohnt, ihr Dasein als wimmernde Säuglinge angetreten, es im Todeskampf röchelnd beschlossen, hatten geliebt und getrauert, gejubelt und geseufzt, ihr Herz an Dinge gehängt, die jetzt noch so herumstanden, wie sie verlassen worden waren und voll heimlichen Flüsterns wurden, wenn ich sie anfaßte.

Da war ein gläserner Eckschrank mit Schaumünzen in roten Sammetetuis, goldene, die noch hell und glanzwach waren, mit Rittergesichtern, silberne, schwarz geworden, als seien sie gestorben, alle in Reihen gelegt, jede mit einem Zettel versehen, die Schrift unleserlich und verblichen; eine morsche und dennoch heiße Gier ging von ihnen: »sammle, sammle uns, wir müssen vollzählig werden«; Eigenschaften, die ich nie gekannt, flatterten auf mich zu, schmeichelten und bettelten: »nimm uns auf, wir werden dich glücklich machen.«

Ein alter Lehnstuhl mit wundervoll geschnitzten Armen, scheinbar die Ehrwürdigkeit und Ruhe in

Person, lockte mich, in ihm zu träumen, versprach mir: »Ich will dir Geschichten erzählen aus alten Tagen«, dann, als ich mich ihm anvertraut, drosselte mich eine wortlose, greisenhafte Qual, als sei es die graue Sorge selbst, auf deren Schoß ich mich gesetzt, meine Beine wurden schwer und steif, als sei ein Gelähmter ein Jahrhundert lang hier gefesselt gewesen und wolle sich erlösen, indem er mich in sein Ebenbild verwandle.
Je weiter ich vordrang in die tiefer gelegenen Gemächer, desto finsterer, ernster, prunkloser der Eindruck.
Rohe, derbe Eichentische; ein Herd statt feiner Kamine; getünchte Wände ; Zinnteller; ein rostiger Kettenhandschuh; steinerne Krüge; dann wieder eine Kammer mit vergittertem Fenster; Pergamentbände umhergestreut, von Ratten zernagt; tönerne Retorten, wie sie die Alchimisten gebraucht haben; ein eiserner Leuchter; Phiolen, darin Flüssigkeiten zu Kesselstein geworden waren: der ganze Raum erfüllt von der trostlosen Aura eines Menschenlebens enttäuschter Hoffnungen.
Der Keller, in dem der Chronik nach unser Urahn, der Laternenanzünder Christophorus Jöcher, gelebt haben soll, war mit einer schweren Bleitüre verschlossen. Keine Möglichkeit, sie aufzubrechen.
Als ich meine Forschungen in unserem Hause beendet hatte und – gleichsam nach einer langen Reise

ins Reich der Vergangenheit – wieder einzog in meine Wohnstube, hatte ich das Gefühl, als sei ich geladen bis in die Fingerspitzen mit magnetischen Einflüssen; die vergessene Atmosphäre da unten begleitete mich wie eine Gespensterschar, der die Kerkertür ins Freie geöffnet worden ist, Wünsche, die das Dasein meinen Vorfahren unerfüllt gelassen, waren ans Tageslicht geschleppt, wachten auf und suchten mich in Unruhe zu stürzen, bestürmten mich mit Gedanken: »Tue das, tue jenes; dieses ist noch unvollendet, jenes nur halb geschehen; ich kann nicht schlafen, ehe du es nicht statt meiner vollbracht hast!« Eine Stimme flüsterte mir zu: »Geh noch einmal hinunter zu den Retorten; ich will dir sagen, wie man Gold macht und den Stein der Weisen bereitet; ich weiß es jetzt, damals ist es mir nicht gelungen, denn ich bin zu früh gestorben«, – dann wieder vernehme ich leise, tränenschwere Worte, die aus Frauenmund zu kommen scheinen: »Sag du meinem Gatten, ich habe ihn trotz allem immer geliebt; er glaubt es nicht, er hört mich jetzt nicht, da ich tot bin, dich wird er verstehen!« – »Rache! Verfolg seine Brut! Erschlag sie! Ich will dir sagen, wo sie ist. Gedenke meiner! Du bist der Erbe, du hast die Pflicht der Blutrache!« zischt ein glühheißer Atem mir ins Ohr; mir ist, als hörte ich den Kettenhandschuh klirren. – »Geh ins Leben hinaus! Genieße! Ich will noch einmal die Erde schauen mit deinen Augen!« sucht mich der Zuruf des Gelähmten im Lehnstuhl zu betören. Wie ich sie aus meinem Hirn vertreibe die Schemen, scheinen sie zu bewußtlosen Fetzen eines elektrisch umherirrenden Lebens zu werden, das von den Gegenständen des Zimmers aufgesogen wird: spukhaft kracht es in den Schränken; ein Heft, das auf dem Bort liegt, raschelt; die Dielen knistern, als ginge ein Fuß darüber hin; eine Schere fällt vom Tisch und bohrt sich mit einer Spitze in den Boden, als wolle sie eine Tänzerin nachahmen, die auf der Zehenspitze stehen bleibt.

Voll Unruhe gehe ich auf und ab; »es ist die Erbschaft der Toten«, fühle ich; ich zünde die Lampe an, denn die Nacht steigt auf, und die Dunkelheit macht meine Sinne zu scharf; die Schemen sind wie die Fledermäuse: »das Licht wird sie verscheuchen; es geht nicht an, daß sie noch länger mein Bewußtsein plündern!«

Die Wünsche der Verstorbenen habe ich stumm gemacht, aber die Unrast der gespenstischen Erbschaft will nicht aus meinen Nerven weichen.

Ich krame in einem Spind, um mich abzulenken: ein Spielzeug, das mir einst mein Vater zu Weihnachten geschenkt, fällt mir in die Hände: eine Schachtel mit Glasdeckel und Glasboden; Figuren aus Holundermark, Männlein und Weiblein und eine Schlange sind darin; wenn man mit einem Lederbausch über das Glas fährt, werden sie elektrisch, verbinden sich, fahren auseinander, hüpfen, kleben bald oben, bald unten, und die Schlange freut sich und macht die absonderlichsten Windungen. »Auch die da drin glauben, sie leben«, denke ich bei mir, »und doch ist es nur die eine Allkraft, die ihnen Bewegung verleiht!« Dennoch kommt es mir nicht in den Sinn, das Beispiel auf mich selbst zu beziehen: ein Tatendurst überfällt mich plötzlich, und ich bringe ihm kein Mißtrauen entgegen; der Lebenstrieb der Verstorbenen naht sich unter anderer Maske.

»Taten, Taten, Taten müssen vollbracht werden!« fühle ich; »ja, das ist es! Nicht das, was die Vorfahren selbstsüchtig wollten, daß geschähe« – so suchte ich mir einzureden –, »nein, etwas viel Größeres soll ich tun!«

Wie Keime hat es in mir geschlummert, jetzt bricht es auf, Samenkorn um Samenkorn: du mußt ins Leben hinaus, Taten vollbringen für die Menschheit, der du doch angehörst als ein Teil! Sei ein Schwert im allgemeinen Kampf gegen das Medusenhaupt!

Unerträgliche Schwüle herrscht im Zimmer; ich reiße das Fenster auf: der Himmel ist ein bleiernes Dach geworden, ein undurchdringliches schwärzliches Grau. Fern am Horizont zuckt Wetterleuchten. Gott sei Dank, ein Gewitter zieht auf. Seit

Monaten kein Tropfen Regen, die Wiesen verdorrt, bei Tage klirren die Wälder im zitternden Hauch der verdurstenden Erde.
Ich gehe zum Tisch und will schreiben. Was? Wem? Ich weiß es nicht. Vielleicht dem Kaplan, daß ich zu verreisen gedenke, um mir die Welt anzusehen?
Ich schneide eine Feder, setze an, da übermannt mich Müdigkeit; ich lasse den Kopf auf den Arm sinken und schlafe ein.
Die Platte des Tisches gibt echogleich, verstärkend wie ein Resonanzboden, die Schläge meines Pulses wieder, dann wird ein Hämmern daraus, und ich bilde mir ein, ich schlüge mit einem Beil die Metalltüre im Keller auf. Wie sie aus den verrosteten Angeln fällt, sehe ich einen alten Mann herauskommen und wache im selben Augenblick auf.
Bin ich denn wirklich wach? Da steht doch der alte Mann leibhaftig im Zimmer und blickt mich an mit greisenhaft erloschenen Augen!
Daß ich die Feder noch in der Hand halte, beweist mir, daß ich nicht träume und bei klarem Bewußtsein bin.
»Ich muß diesen merkwürdigen Fremden schon einmal gesehen haben«, überlege ich bei mir; »warum trägt er nur in dieser Jahreszeit eine Ohrenklappe aus Pelz?«
»Ich habe dreimal an die Türe geklopft; als nie-

mand antwortete, bin ich eingetreten«, sagt der Alte.
»Wer sind Sie? Wie heißen Sie?« frage ich verblüfft.
»Ich komme im Auftrag des Ordens.«
Einen Augenblick lang bin ich im Zweifel, ob nicht ein Phantom vor mir steht: das greisenhafte Gesicht mit dem schüttern, eigentümlich geformten Bart paßt so gar nicht zu den muskulösen Arbeiterhänden! Wäre es ein Bild, das ich da sehe, würde ich sagen: es ist verzeichnet. Irgend etwas stimmt nicht in den Dimensionen! Und der rechte Daumen ist verkrüppelt; auch das kommt mir merkwürdig bekannt vor.
Heimlich fasse ich den Ärmel des Mannes, um mich zu überzeugen, ob ich nicht das Opfer einer Sinnestäuschung bin, und begleite die Bewegung mit der Geste: »Bitte, setzen Sie sich!«
Der Alte übersieht es und bleibt stehen.
»Wir haben Nachricht erhalten, daß dein Vater gestorben ist. Er war einer der unsrigen. Den Gesetzen des Ordens gemäß steht dir als seinem leiblichen Sohn das Recht zu, Aufnahme zu verlangen. Ich frage dich: machst du Gebrauch davon?«
»Es wäre mein größtes Glück, derselben Gemeinschaft anzugehören wie einst mein Vater, aber ich weiß nicht, welche Zwecke der Orden verfolgt und was sein Ziel ist. Kann ich darüber Näheres erfahren?«

Der glanzlose Blick des Greises irrt über mein Gesicht. »Hat dein Vater nie mit dir davon gesprochen?«

»Nein. Nur in Andeutungen. Ich kann wohl aus dem Umstande, daß er in der Stunde vor seinem Tode eine Art Ordensgewand anlegte, schließen: er muß einer geheimen Gesellschaft angehört haben; aber das ist wohl alles, was ich weiß.«

»So will ich es dir sagen: Seit unvordenklichen Zeiten lebt ein Kreis von Männern auf Erden, der das Schicksal der Menschheit lenkt. Ohne ihn wäre längst das Chaos hereingebrochen. Alle großen Völkerführer sind blinde Werkzeuge in unserer Hand gewesen, sofern sie nicht Eingeweihte der Gemeinschaft waren. Unser Ziel ist, die Unterschiede zwischen Arm und Reich, zwischen Herr und Knecht, Wissenden und Unwissenden, Herrschenden und Unterdrückten aufzuheben und aus dem Jammertal, Erde genannt, ein Paradies zu schaffen, ein Land, in dem das Wort ›Leid‹ unbekannt ist. Die Bürde, unter der die Menschheit seufzt, ist das Kreuz der Persönlichkeit. Die Weltseele hat sich zersplittert in Einzelwesen, daraus entstand jegliche Unordnung. Aus der Vielheit die Einheit wieder herzustellen, ist unser Wollen.

Die edelsten Geister haben sich in unseren Dienst gestellt, und die Zeit der Ernte steht vor der Tür. Jeder soll sein eigener Priester sein. Die Menge ist reif, das Pfaffenjoch abzuschütteln. Schönheit ist der einzige Gott, zu dem die Menschheit hinfort beten wird. Aber noch bedarf sie tatkräftiger Männer, die ihr den Weg zur Höhe weisen. Darum haben wir Väter des Ordens Gedankenströme in die Welt geschickt, die wie Wildfeuer die Gehirne ergreifen, um den Größenwahn der Lehre vom Individualismus zu verbrennen. Krieg aller für alle! Aus Wildnis einen Garten zu schaffen, das ist die Aufgabe, die wir uns gestellt haben! Fühlst du nicht, wie alles in dir nach Tat schreit?! Warum sitzest du hier und träumst?! Auf, errette deine Brüder!«

Eine wilde Begeisterung ergreift mich. »Was soll ich tun?!« rufe ich. »Befiehl, was ich tun soll! Ich will mein Leben hingeben für die Menschheit, wenn es sein muß. Welche Bedingungen stellt der Orden, daß ich ihm angehören kann?«

»Blinden Gehorsam! Verzicht auf jedes eigene Wollen! Für die Allgemeinheit wirken und nicht mehr für dich selbst! Das ist der Weg aus der Wildnis der Vielheit ins gelobte Land der Einheit.«

»Und woran soll ich erkennen, was ich zu tun habe?« frage ich, von plötzlichem Zweifel ergriffen. »Ich soll ein Führer sein, was werde ich lehren?«

»Wer lehrt, der lernt. Frage nicht: was werde ich sprechen! Wem Gott ein Amt gibt, dem gibt er auch den Verstand. Gehe hin und rede! Die Gedan-

ken werden wir dir einflößen, darum sorge nicht! Bist du bereit, den Eid des Gehorsams zu leisten?«
»Ich bin bereit.«
»So lege die linke Hand auf die Erde und sprich mir nach, was ich dir sagen werde!«
Wie betäubt, will ich gehorchen, beuge mich nieder, da packt mich plötzlich jäh das Mißtrauen. Ich zögere, blicke auf, die Erinnerung durchzuckt mich: das Gesicht des Alten, der da steht, habe ich als Schwertknauf, aus Blutstein geschnitten, gesehen; und der verstümmelte Daumen gehört zu der Hand des Landstreichers, der einst auf dem Marktplatz tot umfiel, als er mich erblickte.
Mir wird kalt vor Schreck, aber ich weiß jetzt, was ich zu tun habe; ich springe auf und schreie den Alten an:
»Gib mir das Zeichen!« und halte ihm die Rechte hin zum »Griff«, den mich mein Vater gelehrt hat.
Aber der da steht, ist kein lebender Mensch mehr: ein Gebilde aus Gliedern, die lose am Rumpf hängen wie bei einem Gerädeten! Darüber schwebt der Kopf, vom Nacken getrennt durch einen fingerbreiten Streifen Luft; noch beben die Lippen unter dem entweichenden Atem. Ein scheußliches Wrack aus Fleisch und Bein.
Schaudernd bedecke ich meine Augen mit den Händen; als ich aufblicke, ist der Spuk verschwunden, aber frei im Raume hängt ein leuchtender

Ring: darin mit feinen, durchsichtigen Umrissen wie ein blaßblauer Nebelhauch das Gesicht des Alten mit der Ohrenklappe.
Diesmal ist es die Stimme des Urahns, die aus seinem Munde kommt:
»Trümmer, Balken gestrandeter Schiffe, die auf dem Ozean der Vergangenheit treiben, hast du gesehen; aus seelenlosen Resten versunkener Gestalten, aus vergessenen Eindrücken deines Geistes haben die lemurenhaften Bewohner des Abgrundes das Bild unseres Meisters zum Hirngespinst geformt, um dich zu täuschen, haben mit feiner Zunge zu dir geredet leere hochklingende Worte der Betörung, um dich hineinzulocken, Irrlichtern gleich, in die todbringenden Sümpfe der planlosen Taten, darinnen schon Tausende vor dir und größere als du elendiglich versunken sind. ›Selbstverzicht‹ nennen sie den Phosphorschein, mit dem sie ihre Opfer überlisten, die Hölle hat frohlockt, als sie ihn angezündet haben dem ersten Menschen, der ihnen vertraute. Was sie zerstören wollen, ist das höchste Gut, das ein Wesen sich erringen kann: das ewige Bewußtsein als Persönlichkeit. Was sie lehren, ist Vernichtung, aber sie kennen die Gewalt der Wahrheit, darum sind alle Worte, die sie wählen, Wahrheit – doch jeder Satz daraus geformt ist abgrundtiefe Lüge.
Wo Eitelkeit und Machtbegier in einem Herzen

wohnen, da sind sie zur Hand und fachen diese trüben Funken an, bis sie glänzen wie helles Feuer und der Mensch wähnt, in selbstloser Liebe für seinen Nächsten entbrannt zu sein und hingeht und predigt, ohne berufen zu sein – ein blinder Führer wird und mit den Lahmen in die Grube stürzt.
Sie wissen gar wohl, daß des Menschen Herze böse ist von Jugend auf und daß Liebe darin nicht wohnen kann, es sei denn, sie wäre geschenkt von oben. Sie wiederholen den Satz: ›Liebet euch untereinander‹, bis er stumpf wird; der ihn zuerst sagte, gab denen, die ihn hörten, damit ein magisches Geschenk; sie aber speien die Worte ins Ohr wie Gift – Unheil und Verzweiflung, Mord, Blutbad und Verwüstung wachsen daraus empor. Sie ahmen die Wahrheit nach wie die Vogelscheuche das Kruzifix am Wegesrand.
Wo sie sehen, daß ein Kristall sich bildet, der symmetrisch – ein Ebenbild Gottes – zu werden verspricht, da bieten sie alles auf, ihn zu zertrümmern. Keine Lehre des Ostens ist ihnen zu fein, als daß sie sie nicht vergröberten, irdisch machten, umstellten und durchlöcherten, bis sie das Gegenteil darstellt von dem, was gemeint war. ›Vom Osten kommt das Licht‹, sagen sie und meinen heimlich die Pest damit.
Die einzige Tat, die des Vollbringens wert ist: die Arbeit am eigenen Selbst, nennen sie Selbstsucht;

Weltverbessern, aber nicht wissen wie, – Habsucht mit dem Namen ›Pflicht‹ bemänteln und Neid mit ›Ehrgeiz‹, das sind die Gedanken, die sie den irrenden Sterblichen einflößen.

Das Reich zersplitternden Bewußtseins ist ihr Zukunftstraum, Besessenheit allüberall ihre Hoffnung; sie predigen durch den Mund der Besessenen das ›tausendjährige Reich‹ wie einst die Propheten, aber daß das Reich ›nicht von dieser Welt‹ ist, solange die Erde sich nicht verwandelt und der Mensch durch die Wiedergeburt des Geistes – das verschweigen sie; sie strafen die Gesalbten Lügens, indem sie die Reife der Zeit vorwegnehmen.

Wenn ein Heiland kommen soll, äffen sie ihm vor; wenn er geht, äffen sie ihm nach.

Sie sagen: tritt als Führer auf! wohl wissend, daß nur einer führen kann, der vollkommen geworden ist. Sie drehen es um und betrügen: führe, so wirst du vollkommen.

Es heißt: wem Gott ein Amt gibt, dem gibt er auch den Verstand; sie aber suggerieren: nimm ein Amt, und Gott wird dir den Verstand geben.

Sie wissen: das Leben auf Erden soll ein Zustand des Überganges sein, darum locken sie listig: ›mach ein Paradies aus dem Diesseits‹, wohl kennend die Vergeblichkeit solcher Mühe.

Sie haben die Schatten des Hades befreit und beleben sie mit fluidisch dämonischer Kraft, damit die

Menschen glauben, die Auferstehung der Toten sei gekommen.

Nach dem Antlitz unseres Meisters haben sie eine Larve geformt, die spukhaft auftaucht da und dort, bald in den Träumen Hellsichtiger, bald in den Zirkeln der Geistesbeschwörer als stoffvortäuschende Gestalt, bald als automatisch sich bildende Zeichnung der Medien; John King – Johann der König – nennt sich das Gespenst denen, die neugierig nach seinem Namen fragen, damit der Glaube entstehe, es sei Johannes der Evangelist. Sie ahmen das Antlitz ›vor‹ für alle, die, wie du, reif geworden sind, es in *Wahrheit* zu schauen; sie bauen vor, um Zweifel säen zu können, wenn, wie jetzt bei dir, die Stunde naht, wo es des nimmerwankenden Glaubens bedarf.

Du hast die Larve zertrümmert, da du den ›Griff‹ verlangtest; jetzt wird das wahre Antlitz für dich zum Knauf des magischen Schwertes, geschmiedet ohne Fuge aus einem Stück Blutstein; wer es empfängt, für den wird lebendig der Sinn des Psalmes: ›Gürte dein Schwert an deine Seite, zeuch einher der Wahrheit zu gut und die Elenden bei Recht zu erhalten, so wird deine rechte Hand Wunder vollbringen!‹ «

15

Das Nessoshemd

Wie der Schrei des Adlers, die Luft auf Bergeshöhen erschütternd, eine Schneewächte löst, die rollend zur Lawine wächst und den Glanz verborgen gelegener Eisflächen enthüllt, so reißen die Worte des Urahns ein Stück meines Ichs in mir los.
Den Psalm verschlingt ein heulendes Sausen im Ohr, der Anblick des Zimmers erlischt vor meinen Augen, und ich glaube hinabzustürzen in den grenzenlosen Weltraum.
»Jetzt, jetzt werde ich zerschellen!« Aber das Fallen will kein Ende nehmen; mit immer größerer, rasender Schnelle saugt mich die Tiefe ein, und ich fühle, wie mein Blut das Rückgrat emporschießt und die Schädeldecke als leuchtende Garbe durchbricht.
Ich höre das Krachen der Knochen, dann ist alles vorbei; ich stehe auf den Füßen und weiß: es war eine Sinnestäuschung, ein magnetischer Strom hat mich durchdrungen von den Sohlen bis zum Haupte und in mir die Empfindung erweckt, als stürzte ich in einen bodenlosen Schlund.

Voll Staunen blicke ich umher und wundere mich, daß die Lampe so ruhig auf dem Tisch brennt und nichts sich verändert hat! Komme ich mir selbst doch vor wie verwandelt, als hätte ich Flügel und könne sie nicht gebrauchen.
»Ein neuer Sinn hat sich mir erschlossen«, weiß ich, und doch kann ich lange nicht ergründen, worin er besteht und wieso ich ein anderer bin, bis mir langsam zum Bewußtsein kommt: ich halte einen runden Gegenstand in der Hand.
Ich blicke hin: nichts zu sehen; ich öffne die Finger: das Ding verschwindet, aber ich höre nicht, daß etwas zu Boden fiele; ich balle die Faust: und es ist wieder da, kalt, rund wie eine Kugel und hart.
»Es ist der Knauf des Schwertes«, errate ich plötzlich; ich taste und finde die Klinge, ihre Schärfe ritzt mir die Haut.
Schwebt das Schwert in der Luft? Ich entferne mich einen Schritt von der Stelle, wo ich stand, und fasse nach ihm. Diesmal greifen meine Finger glatte, metallene Ringe, die eine Kette bilden, um meine Hüften geschlungen, daran die Waffe hängt.
Eine tiefe Verwunderung beschleicht mich, die erst weicht, als mir allmählich klar wird, was sich begeben hat: der innere Tastsinn, der Sinn, der im Menschen am festesten schläft, ist erwacht; die dünne Scheidewand, die das jenseitige Leben vom irdischen trennt, ist für immer durchbrochen.

Seltsam! So winzig schmal ist die Schwelle zwischen beiden Reichen, und doch hebt keiner den Fuß, sie zu überschreiten! Dicht an die Haut grenzt die andere Wirklichkeit, aber wir fühlen sie nicht! Hier, wo die Phantasie neues Land erschaffen könnte, macht sie halt.
Die Sehnsucht nach Göttern und die Furcht, mit sich allein zu sein und Schöpfer seiner eigenen Welt zu werden, ist es, die den Menschen hemmt, die magischen Kräfte zu entfalten, die in ihm schlummern; Gefährten will er haben und eine Natur, die machtvoll ihn umgibt; Liebe und Haß will er üben, Taten begehen und an sich erleben! Wie könnte er es, machte er sich selbst zum Schöpfer neuer Dinge?!
»Du brauchst nur die Hand auszustrecken, und du wirst das Antlitz deiner Geliebten berühren«, lockt es mich heiß, aber mir graut bei dem Gedanken, daß Wirklichkeit und Phantasie dasselbe ist. Die Furchtbarkeit der letzten Wahrheit grinst mir ins Gesicht!
Schrecklicher noch als die Möglichkeit, ich könnte ein Opfer dämonischer Berührung werden oder hinaustreiben ins uferlose Meer des Irrsinns und der Halluzinationen, ist mir die Erkenntnis: es gibt nirgends Wirklichkeit, weder dort noch hier, es gibt nur Phantasie!
Ich erinnere mich der angstvollen Worte: »Hast du

die Sonne gesehen?«, die einst mein Vater sprach, als ich ihm erzählte von meiner Wanderung auf den Berg; »wer die Sonne sieht, der gibt das Wandern auf; er geht ein in die Ewigkeit.«
»Nein; ich will ein Wanderer bleiben und dich wiedersehen, Vater! Mit Ophelia will ich vereint sein und nicht mit Gott! Ich will die Unendlichkeit und nicht die Ewigkeit. Was ich mit geistigen Augen und Ohren sehen und hören gelernt habe, das, will ich, soll auch Wirklichkeit sein meinem Gefühlssinn. Verzicht leiste ich, ein mit Schöpferkraft gekrönter Gott zu werden; aus Liebe zu euch will ich ein erschaffender Mensch bleiben; ich will das Leben mit euch teilen zu gleichen Teilen.«
Wie zum Schutze vor der Versuchung, meine Arme in Sehnsucht auszustrecken, umklammere ich den Schwertgriff:
»Deiner Hilfe, Meister, vertraue ich mich an! Sei du der Schöpfer alles dessen, was mich umgibt.«
So deutlich wird meiner tastenden Hand das Gesicht am Knaufe bewußt, daß ich es tief in meinem Innersten zu erleben glaube. Es ist ein Sehen und Fühlen zugleich: das Errichten eines Altars zur Aufbewahrung des Allerheiligsten.
Eine geheimnisvolle Kraft quillt daraus, die sich auf die Dinge überträgt und ihnen Seelen einhaucht.
Als hörte ich es in Worten, weiß ich: die Lampe dort auf dem Tisch ist das Ebenbild deines irdi-

schen Lebens, das Zimmer deiner Einsamkeit hat sie beleuchtet, jetzt wird sie zum schwelenden Schein; ihr Öl geht zu Ende.

Es drängt mich, unter freiem Himmel zu sein, wenn die Stunde des großen Wiedersehens schlägt! Eine Leiter führt zu dem flachen Dach, darauf ich oft als Kind heimlich saß, um staunend zu betrachten, wie der Wind weiße Gesichter und Drachengestalten in die Wolken blies. Ich klimme hinauf und setze mich auf das Geländer.
Versunken in Nacht liegt die Stadt da unten.
Meine ganze Vergangenheit, Bild um Bild schwebt empor und schmiegt sich ängstlich an mich, als wolle sie mahnen: »Halte mich fest, nimm mich mit, auf daß ich nicht in Vergessenheit sterben muß und leben darf in deinem Gedächtnis.«
Ringsum am Horizont zuckt das Wetterleuchten auf: ein glühendes, rasch spähendes Riesenauge, und die Häuser und Fenster werfen den Flammenschein auf mich, geben verräterisch das Fackelzeichen zurück: dort, dort! Dort steht er, den du suchst!
»Alle meine Diener hast du erschlagen, jetzt komme ich selbst«, geht ein fernes Heulen durch die Luft; ich muß an die Herrin der Finsternis denken und an das, was mein Vater sagte über ihren Haß.

»Nessoshemd!« zischt ein Windstoß und reißt an meinem Gewand.
Donner brüllt sein ohrenbetäubendes: »Ja.«
»Nessoshemd!« wiederhole ich sinnend; »Nessoshemd?!«
Dann totenstilles Lauern; Sturm und Blitz beraten, was sie beginnen sollen.
Unten braust plötzlich laut der Fluß, als wolle er mich warnen: Komm herab zu mir! Verbirg dich!
Ich höre das entsetzte Rauschen der Bäume: »Die Windsbraut mit den Würgerhänden! Die Zentauren der Meduse, die wilde Jagd! Ducket die Köpfe, der Reiter mit der Sense kommt!«
In meinem Herzen klopft ein stilles Jubeln: Ich warte auf dich, mein Geliebter.
Die Glocke der Kirche wimmert auf, von einer unsichtbaren Faust getroffen.
Im Schein eines Blitzes leuchten fragend die Kreuze des Friedhofes auf.
»Ja, Mutter; ich komme!«
Ein Fenster, irgendwo, reißt sich los und birst mit klirrendem Schrei auf dem Pflaster: die Todesangst der Dinge, erschaffen durch Menschenhand.
Ist der Mond vom Himmel gefallen und irrt umher? Eine weißglühende Kugel tastet sich durch die Luft, schwankt, sinkt, steigt, wandert planlos und platzt mit donnerndem Krachen, urplötzlich wie

von rasender Wut erfaßt; die Erde bebt in wildem Schrecken.

Immer neue tauchen auf; eine sucht die Brücke ab, rollt langsam und tückisch über die Palisaden, umkreist einen Balken, packt ihn brüllend und zerfetzt ihn.

»Kugelblitze!« Ich habe in den Büchern meiner Kindheit von ihnen gelesen und die Schilderung ihrer rätselhaften Bewegung für Fabel gehalten, jetzt sind sie leibhaftig! Blinde Wesen, geformt aus elektrischer Kraft, Bomben des kosmischen Abgrundes, Köpfe von Dämonen ohne Augen, Mund, Ohren und Nasen, den Tiefen der Erde und der Luft entstiegen, Wirbel, kreisend um einen Mittelpunkt des Hasses, der ohne Organe des Wahrnehmens halbbewußt tastet nach Opfern für seine Zerstörungswut.

Mit welch furchtbarer Macht begabt wären sie erst, besäßen sie menschliche Gestalt! Hat meine stumme Frage sie angelockt, die glühende Kugel, daß sie plötzlich ihre Bahn verläßt und auf mich zufliegt? Aber sie kehrt um dicht am Geländer, gleitet hinüber zu einer Mauer, schwebt in ein offenes Fenster hinein und zu einem andern wieder heraus, wird länglich: und ein Feuerstrahl schlägt einen Trichter in den Sand unter Donnergetöse, daß das Haus zittert und der Staub bis zu mir heraufspritzt.

Sein Licht, blendend wie eine weiße Sonne, verbrennt mir die Augen; so grell beschienen ist eine Sekunde lang meine Gestalt, daß ihr Reflex meine Lider erfüllt und eingeätzt bleibt in meinem Bewußtsein.

»Siehst du mich endlich, Meduse?«
»Ja, ich sehe dich, Verfluchter!« – und eine rote Kugel steigt aus der Erde. Halbblind fühle ich: sie wird größer und größer; jetzt schwebt sie über meinem Kopf – ein Meteor grenzenloser Wut.
Ich breite die Arme aus: unsichtbare Hände fassen die meinen mit dem »Griff« des Ordens, gliedern mich ein in die lebendige Kette, die in die Unendlichkeit reicht.
Verbrannt ist in mir das Verwesliche, durch den Tod in eine Flamme des Lebens verwandelt.
Aufrecht stehe ich im purpurnen Gewand des Feuers, gegürtet mit der Waffe aus Blutstein.
Gelöst bin ich für immer mit Leichnam und Schwert.

Nachwort

Als Gustav Meyrink seinen Roman »Der weiße Dominikaner« 1921 veröffentlichte, lag der größte Teil seines bewegten Lebens hinter ihm. Zwischen seiner (unehelichen) Geburt als Gustav Meyer am 19. Januar 1868 um halb zwei Uhr nachmittags in Wien im Hotel »Blauer Bock« auf der Mariahilfer Straße und seinem Tod am 4. Dezember 1932 in Starnberg, Himbselstraße 7, vollendete sich eine an geistigen und biographischen Abenteuern reiche Existenz. Seine Mutter, die er nicht mochte, ja haßte, war die bayrische Hofschauspielerin Maria Wilhelmine Adelheit Meyer, sein Vater der württembergische Minister Karl Freiherr Varnbüler von und zu Hemmingen. Seine Studien führten ihn nach München, Hamburg und Prag, wo er das Bankhaus »Meyer und Morgenstern« gründete. Die erste, unglückliche Ehe schloß er 1892 mit Hedwig Aloisia Certl. (Noch die unsympathische Aglaja im »Weißen Dominikaner« heißt »eigentlich« Aloisia. Meyrink liebte solche Abreaktionen.) Die zweite Ehe dagegen war sehr glücklich. Er schloß sie 1905 mit Philomena Bernt, die ihn um viele Jahrzehnte überlebte und erst kurz vor der

Vollendung ihres 93. Lebensjahres am 14. Oktober 1966 in Percha starb.

Um die Jahrhundertwende geriet Meyrink in Auseinandersetzungen mit österreichischen Offizieren in Prag, die eine Hetze gegen den eleganten und geistig wie gesellschaftlich eigenwilligen Außenseiter inszenierten.

Schließlich gelang es ihnen, seine wirtschaftliche Existenz zu zerstören. Hilfe leistete dabei der Prager Polizeirat Olič. (Sowohl die Offizierskaste als auch die Polizei wurden mit literarischem Haß konserviert: die Ergebnisse findet man im »Wunderhorn« und im »Golem«.) Nach dieser Affäre lebte Meyrink in Wien, wo er Redakteur der Zeitschrift »Der liebe Augustin« wurde. Zwei Jahre später (1906) übersiedelte er nach Bayern. Seinen Weg bestimmen die Geschichten »Des deutschen Spießers Wunderhorn« (1913) und die großen Romane »Der Golem« (1915), »Das grüne Gesicht« (1916), »Walpurgisnacht« (1917) und »Der weiße Dominikaner« (1921), ferner die sieben Geschichten der »Fledermäuse« (1916). Damit sind die wesentlichsten Punkte seines Schaffenswegs markiert. In den folgenden elf Jahren nach dem Erscheinen des »Weißen Dominikaners« schuf er noch eine Fülle esoterischer Arbeiten und das Fragment eines nachgelassenen Romans, die erst 1973 unter dem Titel »Das Haus zur letzten Latern« in Buchform herausgegeben wurden. Um 1921 ließ Meyrink auch die Reihe »Romane und Bücher der Magie« (Carl Vogl, »Sri Ramakrischna«; R. A. Laarss, »Eliphas Levi« und P. B. Randolph, »Dhoula Bel«) erscheinen. Ebenso die theoretische Abhandlung »An der Grenze des Jenseits«. Aber in den späteren Jahren wurde Meyrinks Lebenskraft durch Krankheit gemindert, was sich auch auf sein Schaffen auswirkte. Dazu kam die Verdüsterung der Zeit, die er intensiver als mancher andere empfand. Der Tod seines Sohnes Harro, der sich 1932 wegen einer schweren Verletzung das Leben nahm, ließ Gustav Meyrinks irdische Existenz erlöschen.

Der Roman »Der weiße Dominikaner« ist so aufgebaut, daß vorerst immer ein Kapitel okkultphilosophischer Substanz abgelöst wird von einem die äußere Handlung vorwärtstreibenden Aktionskapitel. Erst gegen Ende des Buches überwiegen die transzendierenden Abschnitte. Darauf muß sich der Leser einstellen, wenn er Meyrink hier nahekommen will. Denn dem Autor geht es weder um Stilkünste, noch um literarische Effekte. Seine Bücher sind vor allem geistige Eruptionen einer gelebten und für verbindlich gehaltenen Existenz auf der Schwelle zwischen »hüben« und »drüben«, zwischen den Dimensionen des Seins. Auch die Verwischung der Grenzen gehört dazu. Meyrink liebt es manchmal, Fragen aufzuwerfen, dann aber mit einer ironischen Wendung die Antwort zu verweigern: »Ist dieser Christopher Taubenschlag vielleicht so etwas wie ein von mir abgespaltenes Ich? Eine vorübergehende, zu selbständigem Leben erwachte, in mir unbewußt gezeugte und geborene Phantasiegestalt, wie es bei Leuten vorkommen soll, die zeitweilig Erscheinungen zu sehen glauben und sich mit ihnen sogar unterhalten?« Schließlich nach langem Sinnieren bleibt alles offen, und die Antwort grenzt nur distanzierend ab: »Doch wozu solche Erwägungen, die Fremde nichts angehen!« Die tragenden Gestalten sind der alte Freiherr Bartholomäus Freiherr von Jöcher, ehrenamtlich bestallter Laternenanzünder, und das Findelkind (später als leiblicher Sohn erkannt) Christopher Taubenschlag: »Jeder Mensch ist ein Taubenschlag, aber nicht jeder ein Christopher.« Symbolisch die Namen: Jöcher, der »Binder«, der den Yoga (dieselbe Sprachwurzel) meistert, und Taubenschlag, der auf eine taoistische Idee der Initiation hindeutet, wo Tauben eine Rolle spielen. Symbolisch auch der Beruf von Jöcher: »Wandere! Zünde Laternen an, bis die Sonne von selber kommt.« Und an einer zentralen Stelle wird das Geheimnis der Jöcher angedeutet: »In unserer Familie, dem Stamme der Freiherrn von Jöcher, hat sich die Legende vererbt, unser Ahnherr, der Laternenträger Christopher Jöcher sei aus dem Osten eingewandert und habe von dort das Geheimnis mitgebracht, durch eine Art Fingergestikulation die Schemen der Toten herbeizurufen und sie sich zu allerlei Zwecken willfährig zu machen. Eine Urkunde, die ich besitze, besagt, er sei Mitglied eines uralten Ordens gewesen, der sich einmal nennt ›Schi-Kiai‹, das ist auf deutsch: ›Die Lösung der Leichname‹ und dann an anderer Stelle wieder: ›Kieu-Kiai‹, das ist ›die Lösung der Schwerter‹. Von Dingen wird da berichtet, die Ihrem Ohr sehr sonderbar klingen mögen; mit Hilfe der Kunst, die Hände und Finger geistig lebendig zu machen, sei der oder jener des Ordens samt seinem Leichnam aus dem Grabe verschwunden, und wiederum andere hätten sich in der Erde in Schwerter verwandelt.« In dem Kapitel »Das mennigrote Buch«, vielleicht dem gewichtigsten des ganzen Romans, werden magische Praktiken gezeigt, die der Urahn an dem letzten seines Stammes vornimmt. Meyrink besaß ein tiefes Wissen von diesen Dingen. Auf den Weg geführt hatten ihn Arbeiten des österreichischen Orientalisten August Pfitzmaier: »Die Taolehre von den Wahren Menschen und den Unsterblichen« (Wien 1870), »Die Lösung der Leichname und der Schwerter, ein Beitrag zur Kenntnis des Taoglaubens« (Wien 1870) und »Über einige Gegenstände des Taoglaubens« (Wien 1875). Auch Sebottendorf scheint ihn beeinflußt zu haben.

Im Hintergrund des Romans steht die Gestalt, die ihm den Namen gegeben hat: »In der Stadt geht die Sage, ein Dominikanermönch, Raimund de Pennaforte, habe die Marienkirche gebaut aus Gaben, die ihm aus aller Herren Ländern unbekannte Spender zugesandt. Über dem Altar steht die Inschrift: ›Flos florum – so werde ich offenbar nach dreihundert Jahren.‹ Sie haben ein farbiges Brett darüber genagelt, aber es fällt immer wieder herab. Jedes Jahr am selben Marientag. Es heißt, in gewissen Nächten am Neumond, wenn es so finster ist, daß man die Hand nicht vor Augen sieht, werfe die Kirche einen weißen Schatten auf den schwarzen Marktplatz. Das sei die Gestalt des weißen Dominikaners Pennaforte.«

Manche Symbole von früher werden aufgenommen: Der »Hermaphrodit« aus dem »Golem«: »Das Weibliche, das hier auf Erden vom Manne getrennt ist, muß in ihn einziehen, muß in ihn in eins verschmelzen; dann erst ist alle Sehnsucht des Fleisches gestillt.« Oder »die weiße Landstraße«: »›Ja ja, die weiße Landstraße!‹ murmelte er sinnend, ›die kann selten einer vertragen. Nur einer, der zum Wandern geboren ist ... Die meisten Menschen fürchten sich vor der Landstraße mehr als vor dem Grab ... Nur darf man nicht an das Ende der Landstraße denken, sonst hält man es nicht aus, denn sie hat kein Ende. Sie ist unendlich.

Die Sonne auf dem Berg ist ewig. Ewigkeit und Unendlichkeit ist zweierlei«. Dasselbe Unendlichkeitsmotiv in der Erzählung »Der Uhrmacher«: »Auch den Weg zu ihm mußte er mir geschildert haben, und hatte ich selbst mir ihn auch nicht gemerkt – meine Füße schienen ihn genau zu wissen: sie führten hinaus aus der Stadt auf die weiße Straße, die zwischen sommerhauchenden Wiesen hinein in die Unendlichkeit liefen.«

Meyrink rechnet hart ab mit Mediumismus und Spiritismus. Er ist ihr erklärter Gegner: »Die Zeit steht vor der Tür, wo die Lehre des Mediumismus einer Pestwelle gleich die Menschheit überfluten wird, das fühle ich mit Gewißheit.« Dahinter steigt das grauenhafte Haupt der Meduse auf, Gleichnis aller Fäulnis und jeden geistigen Verderbens: »Nur wenn wen die Meduse haßt und fürchtet zugleich, so wie sie dich haßt und fürchtet, dem kann es gelingen (das Schi-Kiai, die Lösung der Leichname); sie selbst vollbringt an ihm das, was sie verhindern möchte. Wenn die Stunde gekommen ist, wird sie mit so grenzenloser Wut über dich herfallen, um jedes Atom in dir zu verbrennen, daß sie in dir ihr eigenes Spiegelbild mit vernichten wird und auf diese Art das erschaffen wird, was der Mensch aus eigener Kraft niemals vermag: sie wird ein Stück von sich selbst töten und dir dein ewiges Leben bringen; sie wird zum Skorpion, der sich selber ersticht. Dann ist die große Umwandlung da: nicht mehr das Leben gebiert den Tod, sondern der Tod erzeugt das Leben!« In den beiden letzten Kapiteln erfolgt diese Transformation. Christopher wird eingegliedert in die Gemeinschaft der Erwachten: »Ich breite die Arme aus: unsichtbare Hände fassen die meinen mit dem ›Griff‹ des Ordens, gliedern mich ein in die lebendige Kette, die in die Unendlichkeit reicht.«

In Meyrinks Psyche gibt es gewisse Seltsamkeiten, die aufmerken lassen. Man ist z. B. erschrocken, wenn man immer wieder den aufflammenden Haß gegen die Mutter merkt: am unverhülltesten in der Erzählung »Meister Leonhard«. Ob dieser Haß die ins Gegenteil umgeschlagene Liebe des jeder Elternhauswärme beraubten, hin- und hergeworfenen jungen Menschen zur Wurzel hat, läßt sich nur vermuten. Wesentlich für jede Meyrinkdeutung ist diese Komponente jedenfalls. »Es mag nicht gut sein«, sagt Max Pulver 1953 in seinen »Erinnerungen an eine europäische Zeit«, »daß dem so ist. Aber die Wirklichkeit des Hasses auf die Mutter ist so. Das Leiden an diesem Erlebnis vertieft den Leidenden, aber Vollendung ist ihm unendlich schwer gemacht, im Leben unmöglich, im Werk aber gelingt vielleicht die Erlösung, wenn der Schöpfer von seinem Engel begleitet ist.« Die Frage ist nun, wie weit Meyrink diese Erlösung gelang. Wie weit er aber nur im Vorhof des Tempels blieb, ohne in das Allerheiligste zu gelangen, ist überhaupt eine Kardinalfrage an seine gesamte Existenz. Im Leben mag er diesen Haß überhöht haben: »Er betrat die äußerste Grenze innerer Gefahr, der Selbstverlust schien vollzogen und unwiderruflich. Aber er entzog sich immer, wie er sich seiner Mutter zu entziehen gewußt, mochte er auch zu erliegen scheinen, wie er einst der Mutter vielleicht tatsächlich erlegen war.« Letztlich setzt er sich mit diesem Problem immer wieder auf drei Ebenen auseinander: Zuerst auf der Ebene seiner biographischen Existenz. Auf einer zweiten Ebene (auf der sich auch »Meister Leonhard« befindet) wird der Haß dann literarisch fixiert. Aber es gibt noch eine dritte, letzte und höchste Ebene, über deren Horizont das »Haupt der Meduse« emporsteigt. Hier wird der traumatische Seelenzustand ins Metaphysische emporgesteigert. Der Haß mischt sich freilich mit allen Ängsten einer gequälten Seele, wahrscheinlich verschärft durch bewußte und unbewußte Schuldgefühle, und ein »Pesthauch« droht alles zu vernichten und zu zerstören. »Das Medusenhaupt«, wie es sich im »Weißen Dominikaner« erhebt, ist grauenhaft: »Ein leiser, kaum sichtbarer, aber durch seine Verstecktheit um so furchtbarerer Ausdruck einer alleszerstörenden Erbarmungslosigkeit liegt um die schmalen, blutleeren, an den Mundwinkeln mit feinen Linien in die Höhe gezogenen Lippen. – Die weißen Zähne schimmern durch die seidendünne Haut ein grausiges Lächeln der Knochen.« Mit diesem »Medusenhaupt« hat Meyrink zeitlebens gerungen. Es mag für ihn archetypisches Symbol gewesen sein, dessen Auftauchen aus dem kollektiven Unterbewußtsein ins helle Tageslicht er fürchtete. Stieg es aber auf, dann setzte ein geistiger Kampf auf Leben und Tod ein. Über welch dünner Schicht sich dabei der visionäre Kämpfer bewegt – das ahnt der Leser: und ein Grauen, das ihn überfällt, ist die Reaktion.

Aber noch andere Ängste erschüttern die Seele Meyrinks. Das Erbe der Ahnen greift nach ihm: über die lebende Generation der Eltern hinaus. Und da auch hier sein Gefühl gespalten ist, bringt ihm die Verbindung mit den Ahnen nicht die Lösung, die zur Erlösung werden kann. Oder, wie es der Tiefenpsychologe Leopold Szondi formulieren würde: es entstehen »Wahnbilder«, die an sich sowohl aus dem persönlich verdrängten (Freud) oder kollektiven (Jung), aber auch aus dem »familiären« Unbewußten stammen können. Szondi hat als erster auf die Rolle dieses »Erbes« hingewiesen, das in den anderen tiefenpsychologischen Systemen übersehen wurde. Gerade aber aus dieser Schicht scheinen nun die Gestalten im »Weißen Dominikaner« hervorzubrechen, die dem »Unsichtbaren«, der sein Tagebuch schreiben läßt, eine Struktur geben, zusammengesetzt aus Komponenten der gesamten Vorfahrenreihe, die beim Urahn beginnt und bei Christopher endet: »Du sollst der Wipfel eines Baumes werden, der das lebendige Licht schaut; ich bin die Wurzel, die die Kräfte der Finsternis in die Helligkeit schickt. Aber du bist ich und ich bin du, wenn das Wachstum des Baumes vollendet sein wird.« Darum dürfte man denn über die Existenz Christophers, als Ganzheit gesehen, auch den Satz setzen: »Der Mensch kann seinem Erbe nicht entrinnen, insofern als er gezwungen ist, in einer ganz bestimmten, ich möchte sagen: ererbten Atmosphäre zu leben...« Nicht übersehen darf man freilich, daß diese psychologische Verstrickung von Meyrink ins Magische und Esoterische gehoben wurde.

Auch anderes ist wohl psychologisch begründet im Schaffen des Autors: so die Merkwürdigkeit, daß ihm nie eine lebensvolle Frauengestalt gelang. Weder Angelina, Miriam und Rosina im »Golem«, noch Eva im »Grünen Gesicht« oder die Polyxena der »Walpurgisnacht«. Ebenso im »Weißen Dominikaner« Aglaja-Aloisia und die blasse Ophelia. Scheinbar widersprüchlich dazu die private Sphäre: Meyrink war in den Jahrzehnten seiner zweiten Ehe nach allem, was man davon weiß, sehr glücklich.

Von drei Seiten her wurde, wie sich zeigt, Meyrink bedrängt: einmal durch Lebensschwierigkeiten, die ihm seine Herkunft als uneheliches Kind eines adeligen Staatsministers und einer bürgerlichen Hofschauspielerin ständig bereitete. Daher auch die chronische Bereitschaft zur Aggression, daher wahrscheinlich sein steter Haß gegen alle – nicht nur die Mutter. So hatte man ihn z. B. in Prag in einer Ehrenaffäre seiner Herkunft wegen als »nicht satisfaktionsfähig« disqualifiziert. Der Hieb saß, Meyrink hat das nie vergessen. So war es wohl auch keine bloße Geste, daß er die ihm (allerdings erst 1919) angebotene Aufnahme in den Varnbülerschen Familienverband abgelehnt hat. Zum zweiten erfolgte die Bedrängung aus dem Unterbewußtsein. Bei einem nichtschöpferischen Menschen hätte hier bloß eine Flucht in die Neurose eingesetzt. Bei Meyrink erfolgten ihre Niederschläge schichtenweise und wurden produktiv. Wo er überwunden hat, wo ihn sein guter Engel, wie Pulver sagt, begleitet hat: dort erfolgt auch eine Klärung und Abklärung. Wo er dagegen im Kampf stecken blieb, dort wird die Ebene abermals verschoben: das Ringen entlädt sich in Visionen, die man als metaphysischen Alpdruck empfinden kann. – Meyrink empfand diesen Alpdruck am meisten: darum auch seine ständige Suche nach »Lösung«, wobei die Form, die Hülle nicht einmal entscheidend ist. Im »Weißen Dominikaner« heißt sie geradezu symbolhaft »Lösung« (mit Leichnam und Schwert) und ist hier in taoistisches Gewand gehüllt. Anderswo sind es buddhistische, kabbalistische oder sonstige Verhüllungen. Daß ihm (wie das Finale des Romans beweist) auch rosenkreuzerische »Lösungen« (Bildung der »Kette« helfender Hände, verbunden mit der Vorstellung der lebendig gewordenen Ahnenreihe) nahelagen, kann auf die Zeit zurückgehen, da Meyrink dem »Royal Ordo of the Sat B'hai« angehörte: einer Station auf seiner lebenslangen Wanderung auf der weißen Straße Lösung zu suchen von den ihn bedrängenden Gesichtern, von dem immer wieder drohend aufsteigenden Antlitz der Meduse.

Es wird noch gründlicher Analysen bedürfen, um Meyrinks Gesamtwerk richtig einzuordnen. War er 1945 ein »fast vergessener Schriftsteller«, so begann sich die Situation schon ein Jahrzehnt später grundlegend zu verändern. Es erfolgten die ersten Publikationen über Meyrink (Marga E. Thierfelder 1953, Eduard Frank 1957, W. R. van Buskirk 1957, Siegfried Schödel 1965, Manfred Lube 1970, Helga Abret 1975). Philosophen nahmen Notiz von seinem Schaffen: z. B. Ernst Bloch in »Das Prinzip Hoffnung«, I. Bd. S. 423 ff und Gershom Scholem im Eranos-Jahrbuch 1953 und in seinen Jugenderinnerungen »Von Berlin nach Jerusalem« (1977).

Die ersten Neudrucke des »Golem« nach 1945 erschienen bei Rascher in der Schweiz (1946) und im Freitag Verlag München (1946), das »Wunderhorn« bei List (1948), »Der weiße Dominikaner« und »Der Engel vom westlichen Fenster« im Avalun Verlag H. Schwab (1958). Später kamen die »Gesammelten Werke in Einzelausgaben« des Langen Müller Verlags: Zuerst »Walpurgisnacht«(1968 und 1977), dann »Des deutschen Spießers Wunderhorn« (1970), »Der Golem« (1972 und 1976), »Das Haus zur letzten Latern« (1973), »Der Engel vom westlichen Fenster« (1975) und schließlich »Der weiße Dominikaner«. Aber auch das Ausland zeigte sich interessiert. In Frankreich druckten die Verlage La Colombe und Retz und die Edition Marabout »Le Golem«, »Le Dominicain blanc«, »La Nuit de Walpurgis«, »Le Visage Vert« und »L'Ange à la fenêtre d'occident«. Außerdem publizierte 1976 der Verlag L'Herne in Paris einen umfangreichen Band »Cahier Meyrink«, der sehr erfolgreich für den Autor eintrat. Amerika brachte im selben Jahr »The Golem« auf den Markt (Dover Publications, Inc. New York), Italien 1966 »Il Golem« (Bompiani, Mailand) und 1976 »Il cardinale Napellus«, eine Auswahl aus den »Fledermäusen« (F. M. Ricci, Parma-Mailand). So kann man die Aussage belegen, daß das Interesse an Meyrinks Büchern ständig wächst. *Eduard Frank*